星海社
FICTIONS

転生！　太宰治　転生して、すみません

佐藤友哉
Illustration／篠月しのぶ

星海社

ああ、生きて行くという事は、いやな事だ。
殊にも、男は、つらくて、哀しいものだ。
とにかく、何でもたたかって、そうして、
勝たなければならぬのですから。

（美男子と煙草／太宰治）

序章

太宰、西暦二〇一七年の東京に転生する

死のうと思っていた。

なのに気づけば、道を歩いているではありませんか。

見知らぬ町でした。そして、なつかしい暗闇でした。燈火管制《とうか》のあったころは、東京の夜も暗くて、私は妻子《さいし》とともに防空壕《ぼうくうごう》にむかいながら、ひそかに闇を楽しんでいましたが、敗戦とともに、町にはネオンの灯《ひ》がもどり、最近は、暗闇が消えつつありました。

道を歩いているうちに、ぼんやりしていた意識が、すこしずつ回復し、どうして、自分がこんなところにいるのかを、考えられるようになります。

死のうと思っていた。

戦争で家を焼かれても、酒と薬でからだを壊しても、それでも必死に小説を書きつづけ、なのに、「おおげさ。ぷっ」と、友人には笑われ、「太宰治《だざいおさむ》には、閉口したよ」と、先輩にはいじめられ、そのうちに戦争が終わって、私は、そう、死のうと思ったのです。

遺書を書き、サッちゃんとともに、玉川上水《たまがわ》にむかいました。

その先の記憶は、ありません。

ひどく酔っていたのです。

歩くたび、蛙《かえる》の卵を踏みつけるような音がして、自分がずぶ濡れなのに気づきました。耳に指を入れると、どろっとした水が出てきます。川に落ちたはずなのに、どうして、見覚えのない町を歩いているのでしょうか。またしても、生きのびてしまったのでしょうか。私はこれまでにも、自殺未遂、心中《しんじゅう》未遂をくりかえしてきました。今回も、死ねなかったのならば、サッちゃんは、どうなったのでしょうか。

そして、新たな疑問が宿ります。知らない町にもかかわらず、私の足には迷いがありません。酔ってふらつきながらでも、なじみの店にたどり着けるように、私の足は、おろかな主人をひっぱる忠犬のごとき動きで、からだを先へと進ませていました。おろかな主人である私には、自分の足がどこに行こうとしているのか、まるで見当がつきません。

どれほど、歩いたでしょう。一時間、いえ、ほんの十分くらいかもしれませんが、空が、うっすらと白んできました。鳥のさえずりや、ジイプが走るような音も聞こえます。朝が、はじまろうとしていました。やがて、東の空から、太陽が頭をのぞかせました。

太陽。

ふたたび拝むつもりは、なかったのに。

朝の日差しが、電柱に貼られたアルミ板のようなものに当たり、そこには、『下連雀《しもれんじゃく》3－15』と書かれていました。サッちゃんの下宿があるところでした。私たちは心中しようとして、下宿のそばにある玉川上水へとむかったのです。ならばここは、三鷹《みたか》町？　たしか

に、私はこの道を知っています。仕事場から、サッちゃんの下宿へ行くため、これまでに、なんども歩いた通りでした。

しかし今、地面は舗装され、下宿があった場所は、『永塚《ながつか》葬儀社』という建物になっていて、いつも使っている小料理屋、『千草《ちぐさ》』も見当たらず、そのかわりに、知らないビルヂングが建っているのです。

このとき、私ははっきり、恐怖に襲われました。

あわてて通りを抜けると、はたして、玉川上水はありましたが、どうも様子がおかしく、昨日まではなかったはずの柵が、川に沿って設置されています。変化はそれだけではなく、三鷹駅はやけに大きくなり、鉄橋のおばけみたいなものが連結されていました。そのまわりには、やはり、知らないビルヂングが乱立し、空の下半分を隠しています。

めまいがしました。

私の知っている三鷹ではない。

なにか、決定的におかしなことが起こっている。それはわかるのですが、世間がおかしいのか、自分がおかしいのか、区別がつけられません。もし、狂っているのが私ならば、ふたたび、脳病院に押しこめられてしまう。不安で胸が痛み、脚がふるえ、視線があちこちに揺れました。

その目が、『酒・たばこ』と書かれた看板をとらえました。赤と橙《だいだい》で、『7』と書かれたそこは商店らしく、早朝にもかかわらず営業しているのか、明かりがついています。私はほとんど逃げこむようにして、商店に飛びこみました。ガラス製のドアが自動で開き、どこからともなく、ピロロロンという高い音が鳴り響いたので、ぎゃっと叫びそうになりました。

「いらっしゃいませー」

女中《じょちゅう》でしょうか、女性一人で、切り盛りしているようです。

その店には壁一面、酒や煙草《たばこ》がならんでいて、意外なほどの品ぞろえに、おどろきました。戦争中は物資不足で、田舎の宿は、ビイル一本を出してもらうだけで、頭を下げねばならぬほどでした。戦争に負けて三年がたった今でも、物資不足はつづいているのに、この店は、たいしたものです。ひょっとして、一流店かしら。こんなところに、濡れ鼠《ねずみ》の男が入っても大丈夫なのか心配になりましたが、今は他人の目を気にする余裕などありません。

店内の一角には、たくさんの雑誌が置かれていました。どれもが贅沢《ぜいたく》な多色刷りで、目がちかちかします。戦争が終わり、本に色がもどってきたとは感じていましたが、こんなにも、お花畑のように輝く本棚を見るのは、戦争が起こる前もふくめて、はじめてのことでした。

本棚には、先客がいました。

髪の長い女性でした。

まるで、悪いことでもしているように、雑誌で顔を隠しながら、こそこそと立ち読みしています。その雑誌は画集のように大きく、女性は細い指で、それを懸命にささえて読んでいました。

小説家というのは、いじきたない職業で、人がなにを読んでいるのか、つい気になってしまいます。そっと盗み見た雑誌の表紙には、『綿達《めんたつ》ママVS.化繊《かせん》妻　春のオシャレバトル』と書かれていました。意味はさっぱりわかりませんが、おしゃれが地獄であることを、よく表している文章だなと思いました。

私は新聞を抜き取りました。『東京スポーツ』という、聞き覚えのないものでした。GHQはいつ、発行を許可したのでしょう。そんな新聞の日付欄には、六月十四日と書かれていました。私とサッちゃんが心中を決行したのが、六月十三日の夜。どうやら、時間は、ただしく流れているようです。なんだ、どうってことないじゃないか、おどかせやがる。ほっとしつつ目を通した紙面には、しかし、奇妙な数字が書かれていました。

『2017年』

一瞬、これがなにを意味しているのか、理解できませんでした。

少し考えて、西暦であることがわかり、わからなければよかったと思いました。

ふるえる手で『東京スポーツ』をしまい、その横にある『朝日新聞』を見ると、そこにもやはり、さきほどとおなじ数字が書かれていました。

より具体的には、『平成29（２０１７）年6月14日（水）』と書かれていました。

へいせい、とでも読むのでしょうか。馴染《なじ》みのない元号は、私には、ひどくうすっぺらく感ぜられて、気が遠くなりました。

このとき、私を襲ったのは、恐怖でも混乱でもなく、眠気でした。本能が求めるような、谷底へ落ちていくような、荒々しい眠気でした。ばさばさと、鳥の羽ばたきにも似た音がします。それは私の手から、新聞がすべり落ちる音でした。立っていられなくなった私は、その場に倒れました。

なにも聞こえません。

なにも考えられません。

酒や薬のせいで気が遠くなった経験は、数えきれないほどありますが、今回ほど深々としたものはなく、ああ、これでやっと死ぬのだなと思いました。

転生！太宰治

転生して、すみません

佐藤友哉

ILLUSTRATION 篠月しのぶ

星海社FICTIONS

目次

第一章

太宰、モテる

1

「あっ！」

　朝、目を覚ますと、見知らぬ部屋にいました。薄桃色のカーテンと、アザミが描かれた小さな絵のある、洋間《ようま》でした。

　アザミの花言葉は、権威。

「やっと起きた！」

　洋間には、制服姿の少女がいて、ベッドに横たわる私を見つめています。

　ここはどこ？　と、たずねようとして、声が出なかったのは、長いこと発声していなかったせいでも、不安のせいでもなく、目の前の女生徒が、美しかったからでした。雨。落葉。木《こ》枯《がら》し。そうしたものとは縁のない、傲慢《ごうまん》な美貌に満ちていました。雨や、落葉や、木枯しなんて、一度も気にしたことがないような強さが、そばにいるだけで、つたわってくるのです。

　女生徒は、口ごもっている私にかまわず、「ずっと寝てたんだよ。気絶？　おもしろいね」と言い、笑顔を見せました。女というものは、かなしさも、わびしさも、みんな笑顔でつたえるので厄介《やっかい》ですが、私にはたいてい、その奥にある本音が、わかります。しかし、この女生徒からは、なにも見つけることができません。本音を読みきれない笑顔も、茶色っぽい髪も、健康的にせり出した胸も、私の知っている女たちとは、べつの要素で作られているようでした。知らない動物が、そこにはいました。

私はびくびくしながら、知らない動物に話しかけました。

「あ、あの、おたずねしたいことが」

「いいよ。なにを、おたずねしたいわけ？」

「今は、何年の何月何日ですか？」

「二〇一七年の六月十四日だけど」

「それは、昭和……」

「昭和って！ なに言ってんの。今は、平成でしょ。それだって、もう、終わろうとしてんのに。おじさん……大丈夫？」

「たぶん」

「ここは東京の三鷹。それはわかる？」

「たぶん」

「私のお姉ちゃんが、コンビニで倒れたおじさんを助けて、家まではこんできたの。私んところ、すぐ近所だから。記憶ある？ それとも、まだ頭がはっきりしない？」

むしろ、頭がはっきりするにしたがい、おそろしくなってきました。どうやらこれは、夢ではなく、現実。今は、戦後復興のさなかにある一九四八年ではなく、得体の知れない二〇一七年。元号も、昭和ではなく、平成。だとすれば、明治四十二生まれの私は、一〇七歳ということになります。

浦島太郎。

玉手箱を開ければ、太郎はたちまち、おじいさん。

「鏡を！」

私は悲鳴を上げました。

女生徒が渡してくれた手鏡には、やや顔が大きいですが、いつもの美男子が映っていました。ひとまず、安心しましたが、まだわからないことだらけ。ならば、せっかく知り合ったこの女生徒から、できるだけ情報を引き出すべきなのでしょうが、私は人見知りで、隣人ともほとんど会話ができません。そのうえ、この女生徒は、今まで自分が出会ってきた女性と心理の構造がまるでちがい、はっきり言って、怖気《おじけ》づいていました。ことばが出てこず、ふらふらと目玉をさまよわせていますと、私の着物が、きちんと、たたまれているのが見えました。

私の視線に気づいた女生徒は、棘《とげ》のある声で、

「勝手に洗濯しちゃ、いけなかった？」

「いえ、その」

「びしょ濡れだったんだもの、ほうっておけないでしょ。川に落ちたみたいだったよ。お

じさん、どうしてあんなに濡れてたの？」

「それは」

「なによ」

「それは、あの……」

「だからなによ」

「女の涙さ」

お道化《どけ》。

人間の生活というものがわからない私にできる、唯一の処世術。

意識するよりも先に、我が身にしみついたお道化が、ひょいと口から飛び出したのです。

私のかなしい、武器でした。

女生徒は、「なにそれ。いきなり」と噴き出して、口もとを押さえました。なんでもいいから、笑わせておけばいいのだ。お変人と思われれば、相手は私を、警戒しないのですから。

私は、道化をつづけます。

「僕は、女の涙でおぼれかけたんだ。これまでも何回か、おなじような目には遭《あ》ったけど、こんどばかりは、危なかった」

「ふーん。わざと泣かせてるの？　あんまり泣かせてたら、本当におぼれ死んじゃうよ」

「本当もなにも、僕はたしかに、おぼれ死んだはずなんだ」

「おじさんって、おもしろいね。点数、高いよ」

「点数？」

「私、人に点数をつけるのが趣味なの」

「そうかい。僕はきみが、こわくなってきたよ。僕は何点だい？　早く言ってくれ」

「保留中。ねえ、なんでもいいから、お話してみて」

「どんな話がいい？」

「なんでもいいって。じゃあね、死んだときの話。おじさんは、死んだんでしょ？」

「そうさ。僕は死んだ。そのはずなんだ。すでに生きてしまった一つの人生が下書きで、もう一つのほうが清書だったら、どんなにいいかと夢想したことはあったけど、まさか実際に……」

「それ、チェーホフでしょ」

女生徒が指摘しました。

先日、ようやく完成した『人間失格』という小説に、主人公が、格下だと思っていた相手に、自分の道化《どうけ》を見抜かれて、その恥ずかしさに悶絶《もんぜつ》するという場面を書いたのですが、私自身にも、今、おなじことが起こり、たしかに、道化をつづけていられる状態ではなくなりました。地獄絵。世界が一瞬で、すさまじい業火《ごうか》につつまれるのを、眼前に見るような心地がしました。

おおげさ?

恥を理由に、死ぬ人だっているんですよ。

2

階段を降りる足音が聞こえ、まもなく、品のよさそうな夫婦が入ってきました。

「……学校行ってくる」

女生徒は、入ってきたばかりの夫婦と入れちがうようにして、洋間を出ていきます。寒々とした空気が流れる中、女生徒はドアから顔だけをひょいともどすと、本音のわからないあの笑顔になり、「勝手に帰っちゃだめだよ、おじさん」と言い、こんどこそ本当に、出ていきました。

「もうしわけない。おろかな娘でしてな。教育を、しくじったのですよ」

謝罪するご主人の声は、しかし、校長先生のように、堂々たるものでした。私の高校時代の校長は、縫紋《ぬいもん》の和服を着て、いつも人力車でやってきて、秘書をしたがわせ、銀のにぎりのステッキをもっていました。ぶざまな失敗をして追放されるまで、さしずめ一国の宰相《さいしょう》のような態度で、高校に君臨していました。根拠のない威厳が、その校長先生に、そっくりでした。

「おからだのほうは、よろしくて?」

いっぽう、奥さんは、年齢よりも老けた声をしていました。肌は兎《うさぎ》のように白く、むしろ、奥さんのおからだが心配です。肺を、悪くされているのではないかしら。私自身も、肺を病《や》んでいますが、今のところ、調子はよさそうです。

私はベッドの中で、もごもごと言いました。

「お話は、娘さんから、その、聞かせていただきました。僕は、助けられたようで。ありがとうございます。感謝の念にたえません」

「長女のほうは、うまく教育をやれましてな。こまっている人を見かけたら、ただしいおこないをするようにという家訓を、忘れていなかったようです。長女は今、仕事に出かけていますが、夜にはもどりますよ。お気づきになられたと、連絡しておきましょう」

「はあ」

「ところで、なにがあったのですか。あなたは、突然倒れただけではなく、ずぶ濡れでした。事件に巻きこまれたのではありませんか」

「それが、僕自身も、よくわからなくて」

「おぼえていないと?」

「はあ」

「飲みすぎましたか?」

「はあ」

「奥さまの連絡先は、おぼえてますかな」

おろか者に見えたのでしょう。校長先生は、質問の仕方を変えました。

しかし、妻に連絡などできません。私とサッちゃんの関係を知っているとはいえ、「心中に失敗したので、むかえにきてください」とは言えませんし、友人の檀一雄《だんかずお》なら、助けてくれるかもしれませんが、熱海《あたみ》の旅館で遊びすぎてお金がなくなったとき、檀君を人質に残したまま帰ったことを、いまだに根に持っていますし、蕎麦《そば》屋で勘定《かんじょう》が払えなくなったとき、「ヘルプ！　ヘルプ！」と電話するたび、にこにこ笑いながら助けにきてくれた津村《つむら》信夫《のぶお》は、数年前に死にました。ここはやはり、郷里《きょうり》の兄をたよるべきでしょうか。自殺や心中に失敗するたび、兄に後始末をしてもらっていました。

観念して、実家が青森にあることを話そうとする直前、

「あなた、もしかして、記憶喪失では？」

奥さんが助け船を出してくれました。泥の船ならぬ、みごとな木の船。兎の大手柄《おおてがら》。

しかし校長先生は納得していないらしく、私をためすように、

「ご自宅の住所は、わかりますか？」

「や、ちょっと、どうでしょう。すぐには」

「お名前は？」

「それは、どっちの……」

「今は何年何月何日ですか？」

「昭和二十三年……あ、いや」

「これはいかん。重症だ！」

きのどくそうに叫びました。

どうやら、私は重症のようです。まだ、記憶喪失の演技をしていないのですから。

「ううむ、これはいかん。これはいかんな。ご安心ください。いい病院をご紹介しますよ」

「病院！」

次に叫んだのは、私でした。

頭を治すとなれば、脳病院に、連れて行かれるのでしょう。あそこだけは、ごめんです。私はいちど、だまされて、脳病院に閉じこめられました。みんな、ずっと私を、狂人だと思っていたのです。やられた！　その屈辱、くやしさは忘れられず、『ＨＵＭＡＮ　ＬＯＳＴ』という短編を書き、『二十世紀旗手』『東京八景』『十五年間』などにも、そのときのうらみを、くり返し述べてきました。『人間失格』だって、あのころの私を書いたようなものです。怒りで、肌が粟立《あわだ》ちました。

思いは、ひとつ、窓前花《そうぜんのはな》。

「あ、あの、病院には、およびません。二《に》三日《さんにち》もすれば、みんな思い出します。おそらく、酔っぱらって池にでも落ちて、記憶が飛んでしまったのでしょう。ショック症状というやつですよ。病院は、平気です。それより、水を一杯、くださいませんか。眠らせてください。まだ少し、気分が悪くて」

まんざら、嘘でもありませんでした。

3

夢を見ました。

恐縮する私の前に、禿《は》げ頭が座っていました。

井伏鱒二《いぶせますじ》さん。

私の、お師匠です。

井伏さんは、こわい顔をされていました。

目をぱちぱちさせて、私をじっと見ています。

なにか、怒らせたのかしら。いや、なにかもくそもあるか。私はサッちゃんと心中する直前、いくつかの遺書をしたため、その中の一つに、『井伏さんは悪人です』と書いたのです。おそらく井伏さんは、あの遺書を読み、お怒りなのでしょう。私が悪いことをしたときに、さんざん尻ぬぐいをさせておいて、あげく、悪人と書かれたのですから、怒るのもむりはありません。しかし、私にだって、言い分はあります。

「このごろ僕は、人をあんまり追いつめないようにしているのだ。逃げ口を一つ、作ってやるようにしなければ……」

そのうち、井伏さんは汗をかきはじめ、着物がぐっしょりと湿り、黒々とした、山椒魚《さんしょううお》になりました。ゆっくり開かれた大口には、小さな歯がならび、赤く丸い舌が見えました。

「逃げ口からも、逃げるのか」

山椒魚がそう言ったところで、目が覚めました。

通俗映画には、主人公、悪夢からはっと覚醒し、全身がくがく震え、ひどい汗をかいている、という展開がありますし、私自身も、一編くらいは、そのように破廉恥《はれんち》な売文《ばいぶん》を書いたかもしれませんが、実際に悪夢から目覚めてみますと、案外、平気でした。寝汗もかいていませんし、かえって、ふだんより深く眠れたくらいです。

今は夜なのでしょう。室内には、闇が広がっていました。うすぼんやりと見える窓枠や、自分が眠っているベッドの感触から判断して、れいの洋間のようです。

やはり、夢ではないのだ。

暗い洋間は、山椒魚の腹の中のようで、童話の『ピノキオ』を思い出しました。クジラに呑《の》まれたピノキオは、うんざりしたのじゃないかしら。自分が帰ってくるまで、家でお茶でも飲んでいればいいものを、おせっかいなゼペットじいさん、ピノキオさがしに奔走して、クジラに呑みこまれる始末。ゼペットじいさんを助けるために、ピノキオは、死ぬような経験をするはめになりました。あのとき、井伏さんが手をつかぬばかりに、「一生に一度のたのみだ。病院に入ってくれ！」とおっしゃったとき、私はむしろ、井伏さんを救った気持ちでいました。

弱々しいノックの音が、聞こえました。

「……起きてらっしゃいますか？」

「あ、はい」

「開けても？」

「どうぞ」

「失礼します」

遠慮がちに開かれたドアの隙間から、一人の女性が顔をのぞかせましたが、逆光になっていて、よく見えません。ぼやけた輪郭《りんかく》が、ゆらゆらと揺れています。

「電気を、つけてもらえませんか。ちょうど、起きたところなんです」

私がたのむと、室内に明かりがともりました。まぶしさに細めた私の目が、一人の女性をとらえます。年齢は、三十手前くらいでしょうか。細い指に、長い黒髪。私を助けてくれた女性だと、ぴんときました。その人は、幽《かす》かな笑みをふっと浮かべ、私はそれを見て、過善症ということばを思い浮かべます。魚の心がわかるから、三枚おろしにするときも、涙を浮かべずにはいられない。私はこのような女を、このような笑顔を、たくさん知っていました。

女性は顔にかかる髪を、静かに払いました。

「お目覚めになられたと、父からのメールで、知ったものですから……」

校長先生の優しさに、泣きそうになります。私が目を覚ましただけで、わざわざ電報を打ってくださるとは。この家の人たちは、みんな、いい人ばかり。

隣人愛が身にしみて、苦痛でした。

私はそこから逃れたいがために、悪いことをします。

「あなたが僕を、助けてくれたんですね。ええと」

「夏子《なつこ》ともうします。長峰《ながみね》夏子。でも、びっくりしました。立ち読みしていたら、どすんと、大きな音がして、横を見ると、人が倒れているんですもの。それも……」

「ずぶ濡れで」

「ええ、ずぶ濡れで」

「どうしてこんなことになったのか、説明したい気持ちはあるんですが、どうにもはっきりとは、おぼえていなくて」

「記憶のことも、うかがっていますわ。おきのどくさまです」

「人より少し、馬鹿なんです」

「そんなこと、言ってはいけません」

「あなたさえよければ、こっちに、きてくれませんか。首の角度が、むずかしくて、顔が、よく見えない」

「べつに、見なくてもいいです」

「そんなこと言わず、さあどうぞ」

私がうながすと、夏子と名乗った女性は洋間に入り、小さな白い椅子《いす》に腰かけました。

まるで、入院患者と、見舞い客の構図です。

自殺未遂や心中未遂をして病院にはこばれ、目を覚ますたび、私の前にはいつも、この光景があり、ああ、地獄のはじまりだと思うのでした。生きのびた私は、警察や、家族や、相手の家族に責め抜かれ、私はそのたびに、はて？　死にたいのは僕の勝手だし、僕といっしょに死にたいのは、女の勝手じゃないか。なのにどうして、怒られなくちゃならないんだと不思議に思うのですが、表面的には頭を下げて、「反省しました」「いい薬になりました」「相手の女性を、今も愛しているんです」などと、さらさらと嘘を吐《つ》いて、その場を逃れました。

目の前にすわる夏子は、ほほえみをむけるだけで、私を責めようとはしません。この人に、林檎《りんご》を剝《む》いてほしいと思いました。林檎の実は、食べない。赤い皮を、しゃりしゃりと、剝いてくれるだけでいい。

私はからだを起こしながら、

「夏子とは、よい名前です」

「そうですか？　ちょっと、古風《こふう》すぎて。妹はもっと、派手な名前なんですが……」

「この部屋にあるアザミの絵は、あなたの作ですね」

「妹から、お聞きになったのですか？」

「いいえ、あなたが僕とおなじ指をしていたもので。絵かきの指は、みんな、いっしょだから」

「あなたも、絵をお描きになるのですね」

「意外と、うまいんですよ」

「見たいわ」

「いつごろの作ですか？」

「二ヵ月ほど前に……でも、気持ちだけで描いたようなものですから、あんまり鑑賞されるのは、恥ずかしいわ」

「アザミには、いくつもの花言葉があって、その中の一つに、『私に触れないで』というものがあります。かなしいことが、ありましたね」

すると夏子は、ぱっと顔を伏せ、黒髪の中に隠れました。赤くなったところを、見られないように。

確信しました。

西暦二〇一七年においても、自分の道化ぶり、美男子ぶりは、機能するようです。

第二章

太宰、心中する

1

その夜は、私なんぞのために、酒宴《しゅえん》が開かれました。

私は酒をおおいに飲みますが、自分の家に酒を置いておくのが、きらいでした。液体の詰まった一升瓶《いっしょうびん》というものが、どうにも不潔な、卑猥《ひわい》な感じがして、目ざわりでならないのです。台所のすみに、一升瓶があるばっかりに、うしろ暗い思いになるのです。

洗濯された着物を羽織り、夏子に案内されて入った居間には、一升瓶が二本、置かれていました。

「おっ、主役がきましたか。どうぞ、こちらにおかけになって。おいしいものは、ございませんが、お箸《はし》をおつけになってください。夏子、おまえは隣に……なんだ、恥ずかしがることはないだろう」

校長先生は、すでに酔っているようでした。

食事の準備をつづけている奥さんと、ふと目が合います。奥さんは、優しい苦笑を、浮かべていました。夏子がそっと、私の隣にすわりました。家庭の幸福は諸悪の本《もと》。われながら、うまいことを書いたものです。

酒宴がはじまりました。

校長先生は、ずいぶんなお調子で、「いける口ですか。さあ、遠慮なく」と、酒をすすめてきます。大恩《だいおん》ある一家の前で、酔っぱらうのはいやでしたが、夏子がお給《きゅう》仕《じ》してくれたのと、酒を断ったためしがないこともあり、くいっと、一息で、飲み干しました。すると校長先生は豪快に笑い、酒の肴《さかな》のつもりか、ご自身の半生を語りました。一言で説明すると、この人は、成金《なりきん》でした。一代でお金をかせいで、この家を建て、車を複数台、所有しているというのです。

新興成金。

我が家といっしょ。

私の生家は、津軽《つがる》屈指の大地主でしたが、まわりの農民や、私の友人の家からの搾取《さくしゅ》によって、恵まれた暮らしを成立させていました。

テーブルを見ると、桶《おけ》に入った寿司があり、こちらはおそらく、奥さんがこしらえたのでしょう、サラダが大皿に盛られ、菜っ葉が、しなびていました。成金の家のサラダは、いつでも少し、しなびている。なんだか、実家の食卓を見ているようで恥ずかしくなり、さらに酒を飲みました。

「いい、飲みっぷりですな。私もね、あなたくらいのころは、がぶがぶやりましたが、最近は、からだが受けつけなくて、なめるくらいが、ちょうどいい」

校長先生は、そう言いつつも、がぶがぶやり、酒の入ったお銚《ちょう》子《し》を、私に押しつけてきます。奥さんが、「あなた、無理強《むりじ》いはいけませんよ。こまってらっしゃるじゃありませんか」と諌《いさ》めても、「こまっては、いないようだよ。ねえ？」と、私に同意をもとめてきました。私はあいまいにうなずきつつ、このときようやく、食卓にはびこるさびしさの本質に気づきました。

あの女生徒が、いないのです。

私の道化を見抜き、「勝手に帰っちゃだめだよ、おじさん」と言ってくれた女生徒が、そこにはいませんでした。時刻は、午後八時を回っています。どうやら、あの女生徒は、不良のようです。いつものことなのか、校長先生は、娘の不在を気にする様子も見せず、ご機嫌でした。

「それにしても、あなたの格好には、おどろかされましたな。着物とは、めずらしい。しかも、よく似合ってらっしゃる。記憶をうしなう前は、その種のお仕事をされていたのかもしれませんぞ。たとえば、お茶の家元とか」

「ほかには、なんに見えます？」

酔いの回った私は、これくらいのことは言えるようになっていました。

「ほかですか。そうですなあ、歌舞伎《かぶき》役者」

「うれしいですね」

「華道の師範《しはん》」

「花の名前なら少しは」

「若旦那」

「胸が痛みます」

「狂言《きょうげん》役者」

「心はつねに」

「住職」

「それだと、袈裟《けさ》です」

「板前」

「それだと、割烹着《かっぽうぎ》です」

「うむ、むずかしいものですな。じゃあ、これはどうですかな。じつを言うと、一番最初に頭に浮かんだのですが、文士《ぶんし》に見えますよ」

「文士？」

「そうです。文士です。あなたは、芥川龍之介《あくたがわりゅうのすけ》にそっくりだ」

芥川！

私は、芥川にあこがれていました。

学生時代は相当に入れこみ、思いのままに、芥川の名前を、ノートにびっしり書き連ねたりしたものです。もし、あのノートが、世間の目に触れることでもあったら、生きてはいけないでしょう。いえ、平成という時代に、私はそもそも、生きてはいません。そして名前も、残っていません。もし歴史に残っていれば、チェーホフと芥川は読み継がれていても、太宰治は消えたようです。もし歴史に残っていれば、『あなたは、太宰治にそっくりだ』と指摘されるはずですから。

選ばれてあることの恍惚《こうこつ》と不安と二つ我にあり。

ちぇっ、ぜんぶ、思い上がりだったか。

人に迷惑をかけても、馬鹿にされても、小説を書くのをやめなかったのは、自分の才能を信じていたからですが、しかし私は、選ばれてなどいませんでした。命がけの仕事が、みんな消えた。私のくるしみとは、なんだったのでしょう。最初から、書かなければよかった。もっと早く、死ねばよかった。長居するだけみんなをくるしめ、私自身もくるしんだ。くるしみに、意味すらなければ、それはもう、救われません。

くるしみということばから、私は自然に、妻と子供たちの顔を思い出します。みんな、どうしているだろう。私がいなくなって、かなしんでいるかしら。案外、ほっとしているかもしれない。家庭の幸福。だれがそれを望まぬ人があろうか。家庭の幸福は、あるいは人生の最高の目標であり、栄冠であろう。最後の勝利かもしれない。ならば私は、勝利したのだ。けれども、なんて、むなしい勝利。やり切れなく、侘しい。飲もうか。手酌《てじゃく》でやろうとして、手もとが狂い、お銚子を倒してしまいました。

「まあ、大丈夫ですか？」

さっとハンケチを取り出して、夏子がテーブルをふいてくれました。そのとき、夏子の指が、私の指と触れ合いました。冷たい、死人の指でした。私はおどろいて夏子を見たのですが、長い髪に隠れて、表情はよくわかりません。愉快《ゆかい》なはずの酒宴が、冷え冷えとしていくのを感じた私は、ごまかすように、食べたくもない寿司を口に入れました。大きすぎて、窒息《ちっそく》しそう。テーブルにならぶお銚子が、しめ縄につけられた、紙垂《しで》のように見えました。

2

頭痛がすると言って、私はあてがわれた洋間へと、逃げるようにもどりました。薄桃色のカーテンを開けると、夜の住宅街が広がっています。燈火管制は敷かれておらず、爆撃機が飛ぶ音も聞こえません。今の日本は、あの手痛い大敗北にこりて、もう戦争をしていないのでしょうか。それともまた、新しい戦争をはじめて、今回は勝っているのでしょうか。どちらにせよ、窓から見える夜景は、私の知っている三鷹とは、似ても似つかぬものでした。日本にさえ、見えませんでした。

どのような原理がはたらいたのかはともかく、私は、一九四八年から二〇一七年へと大移動して、ふたたび、生きる機会をもらった。

ちっとも、うれしくない。

死のうと思っていた身からすれば、迷惑なだけでした。

ノックとともに、夏子が入ってきました。

「頭痛に効く、お薬です」

夏子は盆をもっていました。

錠剤と、水の入ったコップが、カルモチンを思い出させます。

高校生のときに五十錠、帝大生のときには百五十錠のカルモチンを飲みましたが、それでも、死ねませんでした。

「ああ、頭痛は嘘です」

私はカーテンを閉めて、ベッドに腰かけました。

「それでも、実際、お疲れのようですから、少し休んでは？」

「あなたも、お疲れのようだ」

「私、ＩＴ企業につとめてまして、お給料はたくさんもらえますけど休みがなくて。今日は、むりを言って早引きさせてもらったんです。去年、はたらきすぎて自殺した若い女性が話題になりましたけど、あんまり、ひとごとじゃありません」

女性がはたらきすぎて自殺？　やはり日本は戦争をしていて、油まみれの少女たちが、休みなく労働しているのでしょうか。少女たちが二列縦隊にならんで、産業戦士の歌を合唱しながら、工場へと行進するのを、よく見ました。夏子が言う、『あいてぃ企業』というのも、その手の仕事なのかもしれません。

疲れた夏子を見ているうちに、なぜだか突然、死んだ織田《おだ》君のことを思い出しました。織田作之助《さくのすけ》は短編を二つ通読したくらいで、深いつき合いはありません。しかし、人気作家として生活する彼のかなしみを、私はだれよりも、感知していたつもりでした。はじめて織田君と銀座で会ったとき、なんてまあかなしい男だろうと思い、つらくてかないませんでした。織田君は、書いて書いて書きまくり、死にました。そんな織田君の本も、今は残っていないのでしょう。織田君、きみは、よくやった。

「仕事なんてものは、虫がやってるのとおなじことですよ」

いたたまれなくなり、私はそう言いました。

「虫ですか？　蟻《あり》や、きりぎりすといっしょですか？」

「きりぎりすは、貴族だがね。成功したの失敗したの、勝ったの負けたのと目の色を変えてりきんで、朝から晩まで汗水流して走り回って、そうしてだんだん年をとる。僕たちは、それだけのことをするために生まれてきたんでしょうか」

「私には、わかりません」

「必死にはたらいたって、なにも残らないんだから、むなしいものです。僕はそれを、思い知りました。仕事のために、すべてを壊して、それで結局、仕事にも裏切られちゃ、たまらねえ」

「あの……あなたは、どんなお仕事を？」

「もの書きです」

正直に答えると、夏子は顔を上げて、

「もの書き？　それって、ライターさん？　私がコンビニで立ち読みしてたのを、おぼえてますか。『ＶＥＲＹ』っていう、流行りの女性誌なのですが……」

「僕もいくつか、『婦人公論』などに書きました」

「まあすごい」

「婦人誌というのは、男にはどうにも、理解できないものだね。お食事のいただきかたや、無内容なくせに意味ありそうに乙《おつ》にすましている論文が載っていると思ったら、戦争がはじまったとたんに、産めよ殖《ふ》やせよの国策記事ばかり。いやになります。自分というものが、まるでない」

「戦争のことはわかりませんが、女って、いつの時代も、そういうものですよ。あれこれ言っても、結局は、男の視線ありきの暮らししかできないんです。それに抵抗する女は、やっぱり、いつの時代も、似たり寄ったりの格好をします。髪を短く切って、パンツを履くんです」

「パパパ、パンツ？」

「私の職場って、すごいんですよ。上司も部下も、どんなに仕事が大変でも、家庭や子供があっても、女子はみんなきらきらして、おしゃれをしてるんです。だから私も、がんばろうと……。一応、雑誌は読んでますけど、『ほめられ服』とか、『リーマム』とか、ピンとこなくて、ちっとも、うまくいかなくて」

「そのままでも、いいじゃないか」

「さぼっていたら、婚期を逃すって、両親からも言われてますし」

「どうやらあなたは、悪人たちに、痛めつけられているようだ」

「私のまわりは、みんな善人ばかりですよ。職場の人たちも、家族も……」

「罪悪感を植えつけるのは、いつだって、善人さ。悪人をごらんなさい。彼らが元気なのは、人の話を聞かないからです。憎まれっ子世にはばかるとは、よく言ったものですよ。あなたは、秋の海水浴場に行ってみたことがありますか」

「いえ……。風情《ふぜい》がありますか？」

「まさか。渚《なぎさ》にやぶれた絵日傘《えひがさ》が打ち寄せられ、日の丸の提灯《ちょうちん》も捨てられ、かんざし、紙くず、レコオドの破片、牛乳の空瓶《あきびん》。海はにごって、どたりどたりと波打っています。どうせ沈むなら、海より川がいいし、秋より初夏がいいし、一人より二人がいい」

そう言うと、夏子はすっと表情をなくして、私の横に腰を降ろしました。室内には、アザミの絵が、ぼんやり浮かんでいます。夏の花火のように咲くアザミより、枯れたアザミを、美しく思いたい。隣にすわる夏子と、微笑み合います。疲れて貧乏くさい女に見えましたが、かえってそれで、親近感がこみ上げてきました。どうやら夏子も、人間としての営みに、疲れ切っているようです。

私は言いました。

「死のうか」

第三章

太宰、自殺する

1

おなじ失敗をくり返すやつは、馬鹿である。

その日の深夜、私たちはそっと家を抜け出して、三鷹を歩きました。六月の、まだ冷たい風を浴びて歩く二人の足は、しめし合わせたわけでもないのに、玉川上水へとむかっていました。日陰者《ひかげもの》。犯人意識。慣れ親しんだことばが、頭の中を回っています。今は、二〇一七年の六月十四日だそうですが、実感としては、一九四八年の六月十四日。二日つづけて、心中するのは、さすがの私も、はじめてでした。いっしょに入水したサッちゃんは、ぶじに死ねたでしょうか。もし生きていて、私のように知らない時代に飛ばされたとしても、やはり私のようにほかの相手を見つけて、ふたたび死のうとするでしょう。本人は断固《だんこ》否定するはずですが、サッちゃんは、いっしょに死んでくれるなら、だれでもよかった。少なくとも、私はそうでした。

本当は、玉川上水で心中したかったのですが、夏子の話では、今はもう川が枯れ、溺死《できし》できるほどの水量はないそうでした。

「こまったな。死ぬための薬は、持ってないんだ。売ってるかな？」

「売ってるわけないですよ……。包丁でも買いますか？」

「痛いのは、やだ」

「玉川上水は、井《い》の頭《かしら》公園の敷地にも流れています」

「そうだね」

「飛びこめば、みんな、いっしょよ」

いやに、はっきりした口調でした。

闇の中なので、断言はできませんが、井の頭公園は、ほとんど変わっていませんでした。あの木々も、あの道も、どれも見覚えがあり、昭和にもどってきたような気分です。私は夏子とともに、暗い池に飛びこみました。そして、スワンボートという、白鳥をかたどった小舟にひっかかっていたところを、まもなく発見されました。

おなじ失敗をくり返すやつは、馬鹿である。

私たちは、ただちに病院へとはこばれました。どちらも命に別状はなく、私はまたしても、生きのびてしまいました。白いベッドに、白い病室。おなじみの風景。そしてふたたび、地獄のはじまり。

私は夏子とはなればなれにされ、見張りがつきました。ひと目で警察とわかる男たちが、病室の前をうろうろして、ときにはドアを開け、寝たふりをする私に、無遠慮な視線をむけることさえありました。にもかかわらず、彼らは自分が警察であると名乗らず、まるで、不気味なものでも見るような嫌悪の目で、私を監視するばかりなのです。点滴を取りかえにきた看護婦をつかまえて、「あれは警察でしょう？　ね、警察なんでしょう？」と聞いても、看護婦はこまったようにほほえみ、自分の手をきゅっと握って、病室を出ていくだけでした。

私は高校時代、さる女とともに大量のカルモチンを飲み、心中をはかりました。結果、自分だけが生き残り、自殺幇助《ほうじょ》の容疑で取り調べを受けたのですが、担当刑事と裁判所長に、父の息がかかっていたこともあり、起訴猶予《ゆうよ》ですみました。しかし、今回は父の庇護《ひご》下になく、二〇一七年という未知なる場所にいるため、どのような裁《さば》きが下るのか、予測もつきません。

なので、逃げることにしました。

最初の数日間は、おとなしくベッドで寝ていましたが、その日のお昼、あわただしい配《はい》膳《ぜん》の隙《すき》を突いて、病院を抜け出しました。もうしわけない気持ちで、いっぱいでしたし、反省も、後悔も、ありました。おそらく、人一倍あると思っています。それでも、どうしたって、くり返してしまうのです。私のまわりから、死の影が消えることはないのです。

禁酒の気持ちをかかえて生きるのが、どんなにつらいか、おわかりでしょうか。

走って、走り疲れて、見知らぬ町のまんなかで呆然《ぼうぜん》としていますと、天啓のように、一つの発想がやどりました。

自殺しよう。

私は死にたいのです。最初から。

2

ぶじに、病院を出たのはいいですが、ここはいったい、どこでしょう。三鷹なのか、そうでないのかすら、わかりません。知らない建物ばかりの町には、色とりどりの洋服を着た人々が充満していました。たとえば戦後のラジオは、アメリカの人たちの指導のおかげか、戦前、戦時中の野暮ったさが消えて、教会の鐘《かね》のごときものが鳴り出したり、外国のレコオドなどが流れるようになりましたが、平成というこの時代は、服装までも、アメリカの人たちの指導が行きとどいているようでした。今の日本が、ポツダム宣言の約束を全部果たして、平和な独立国になっているのか、戦争中なのかはわかりませんが、少なくとも国民は、すっかり、欧米化されたようです。そんな彼らは、これも欧米化の影響なのか、早足でした。彼らを避けるために車道に出ると、そちらはそちらで、車の往来がはげしく、なんども警笛《けいてき》を鳴らされ、「馬鹿か！　死にたいのか！」と怒られました。どちらの問いにも、イエスでした。

はじかれ、はじかれ、歩いていますと、人の数が減ってきて、道路沿いに地図を見つけました。

どうやらここは、吉祥 寺《きちじょうじ》のようでした。

ならば、三鷹の隣町ですから、も少し行けば、西荻窪《にしおぎくぼ》や荻窪といった、よく飲み歩いていた界隈《かいわい》だというのに、実感がわきません。家々はどれもりっぱで、店はどこも洒落《しゃれ》ていて、空襲の爪痕も見られず、しかし私は、それらを目にしても、復興の喜びを感じられる気分ではありませんでした。地図を読むかぎり、井ノ頭通りにいるはずなのですが、風景だけでなく、においまで変わっているため見当がつかず、私は方向音痴の鳩《はと》のように、泣きそうな気持ちでふらふら歩きました。

そのうちに、雲が出てきました。

私には、傘を買うお金もありません。

黒い雲が空を覆い、湿った空気が流れます。長峰家に、帰ろうかしら。でも、恩を仇《あだ》で返した以上、そんなことはできませんから、一雨くる前に、落ちつける場所をさがしました。

吉祥寺は、なんだか、気取っていました。

ビルヂングは針山のごとし。人の群れは洪水のごとし。当時もにぎやかだった露店街は、より活気にあふれ、戦争末期には閉鎖された飲食店も復活していましたが、今は一杯の酒より、首をくくる一本の紐《ひも》がほしい。あと、できることなら、静かな場所と、太い枝をそなえた樹木、そして、いっしょに死んでくれる女がほしい。

雨が降ってきました。

最初は小降りだったので、雨粒が落ちる音を聞きつつ、これは私のオルゴオルだ、などと、おすまししていましたが、いきなり、雷が落ちてきて、体験したことがないほどの驟雨《しゅうう》となりました。まわりの人々は駆け出しながら、「ゲリラ豪雨だ」と、よくわからないことを言っています。私もまた、雨をしのげるところはないかと、あちこちに視線をやり、ふと、見上げると、『ヨドバシカメラ』と書かれた大きな建物があったので、そこに飛びこみました。

店内はやけにまぶしく、また騒々《そうぞう》しく、店名から、カメラ屋だと思っていたのですが、デパートのようです。売り場をさまよっていると、林檎の印があったので、果物屋でも入っているのかとのぞいてみましたが、何種類もの板があるだけでした。現代の日本とは、おかしなものです。林檎専用のまな板が、こんなにも、売られているのですから。

雨は、やみそうもないので、店内を、冷やかすことにしました。

自動階段に乗って上階に移動すると、たくさんのカメラがありました。私は不器用なので、カメラの趣味はありませんが、撮られるのは好きです。私と織田君と坂口安吾《さかぐちあんご》さんとで、銀座の『ルパン』で飲んでいたとき、居合わせたカメラマンが、どういうつもりか織田君ばかりを撮るので、私は酔いのせいもありまして、「おい、俺も撮れよ。織田作《おださく》ばかり撮ってないで」と絡みました。カメラマンはこまった顔で、「最後の一枚なんだけど」とぼやいていましたが、かまわず撮影させました。あのころは織田君も元気で、おおいに、いばっていました。

神妙な気持ちで店内を歩いていると、おそろしいことが起こりました。


「太宰」


名前を呼ばれたのです。

おそるおそる、声のするほうをむくと、そこには、一階で見たものより、はるかに大きなまな板が、何枚もならんでいました。これはひょっとして、まな板ではなくて、畳《たたみ》かしら。だとすれば、この時代の畳には、いろいろな映像をうつし出せるということになりますが、現代の日本人は、畳にうつる映像を見ながら、お茶を点《た》てたり、ご飯を食べたりするのでしょうか。テレビじゃ、あるまいし。テレビ？　ああ、そうだ。これは、テレビなのだ。自分の知っているテレビは、無骨な四角い箱でしたが、おそらく、科学技術が進み、このような、おどろくべき薄さになったのでしょう。

私は愕然《がくぜん》としつつ、画面に見入ります。

いくつものテレビから、いくつもの映像と音声が流れていました。

「つづいてのニュースです。先週金曜日から行方《ゆくえ》がわからなくなっていた……」「ではここで、さきほど切った人参をお鍋に入れましょう……」「本日、生徒の父親がはじめてインタビューに応じ……」「太宰」「使いかたは、とってもかんたん。お腹に巻くだけで、理想の腹筋があなたのものに……」「入れ歯が綺麗に洗えているか心配なあなたには、ぜひこの……」「以上が、八十年代のポップカルチャーです。それでは次に、九十年代の……」「最近は、天気がおかしいなとなると、猛暑だ豪雨だという話になりますが……」「芸能界ナンバーワンの色男といえば、やっぱりこの人……」「うわー！　このお肉、柔らかくてとろけちゃう……」「このあと、超ヘルシーなあの食材を使ったカクテルを紹介します……」「太宰」

まちがいない。

だれかが、呼んでいる。

私は全神経を研《と》ぎすませて、たくさんのテレビから、自分を呼ぶ声をさがし、ここからではないかという、あやしい一台を見つけました。そのテレビには、白黒ではなく、色のついた美麗な動画が流れていて、三人の人物が、バーのようなところで、気取った会話をしています。『太宰』と呼ばれているのは、包帯だらけの青年で、彼は、『安吾』と、『織田作』という青年に話しかけていました。

「ねえ安吾、その鞄《かばん》の中に、カメラあった？」

「ええ。仕事用ですが」

「写真とろうよ。記念にさ」

「記念？」

「なんの記念だ」

「ここに三人が集まった記念」

「いつも、三人で飲んでるじゃないか」

「幹部殿《どの》の、仰《おお》せのままに」

「かっこよく撮ってよ。このアングルが、男前に撮れる」

「僕は、いいですよ」

「なぜ、急に、写真なんだ」

「今、撮っておかないと、われわれが、こうやって集まったという事実を残すものが、なにもなくなるような気がしたんだよ。織田作。カメラ」


安吾？

織田作？

写真？

なにこれ？

私は半狂乱のまま、店を飛び出しました。

3

いつのまにか、雨はやんでいました。

私は一人で、『下連雀3－15』と住所が書かれた電柱の下に、立っていました。私はここから、死に場所にむかい、ここで、生を取りもどした。ひょっとして、自分のほかにも、二〇一七年という時代にやってきている者がいるのではないか。淡《あわ》い期待でしたが、疲れきった私は、それにすがりつくしかありませんでした。

あとかたもなくなったサッちゃんの下宿や、やはり、あとかたもなくなった『千草』のあたりを、さまよいながら、私は、なんども、呼びかけました。

「サッちゃん？　いないのかい？」

返事はなく、どこか遠くから、子供たちの笑い声が聞こえるだけでした。

「織田作？　坂口さん？　だれかいないのか……檀君！　檀君！」

そして私は、ほとんど、泣きそうな声で、とうとう、妻の名を呼びます。

「美知子《みちこ》。ねえ美知子、ごめんよ、僕が悪かった。みんな、どこだ。どこなんだ……」

返事はありません。

意気消沈《いきしょうちん》した私は、なんの当てもなく、井の頭公園にむかいました。

雨を吸いこんだ園内の木々は、むせかえるほどの酸素を吐き出し、かえって息ぐるしいほどで、私ははげしく、咳《せ》きこみました。私の自宅は、公園の裏にあり、桜の季節に散歩したり、池のほとりにある汚い茶店《ちゃみせ》に入るのを、ひそかな楽しみにしていました。スワンボートが池に浮かんでいたり、茶店がべつの店になっていたりと、多少のちがいはありますが、それでもここは、私の知っている井の頭公園そのものです。ほっとしつつ、池のまわりを見ると、戦時中、木材調達のために切られた杉の木が、すっかりもとにもどっていて、ぎゃっと声が出そうになりました。

井の頭公園は、変わらない。

それでも、時間が経過した。

約七十年という時間が、すぎさった。

私だけを、置き去りにして。

「死のう」

自分でも意識しないうちに、着物の帯をするするとほどいていました。

帯の端《はし》を、手近にある枝にしっかりむすび、首を吊りました。

ぎゅうと、動脈が締めつけられたと思ったのもつかの間、枝が折れてしまい、私のからだは、ぶざまに落下しました。泣きたくなりました。

「ふーん。犯罪者は、事件現場に舞いもどるっていうけど、本当なんだね」

背後から、声がしました。

最初、だれなのかわからなかったのは、私服に着替えていたからで、その人物は、夏子の妹……あの女生徒でした。

女生徒は、まっすぐ近づいてきます。

私は悲鳴を上げて、女生徒とは反対方向に逃げましたが、土手《どて》を駆け上がろうとしたところで、雨でぬかるんだ土に足をとられ、転げ落ちてしまいます。長く白い二本の脚が、目の前にありました。顔を上げると、女生徒が、こちらを見下ろしていて、れいの大きな瞳で、私を呑みこむように、のぞきこんでいます。

この女は、ほかの女のように、自分をゆるしてくれないと、直感しました。

「ち、ちがうんだ」

なにがちがうのかは、自分でもよくわかりません。

「心中だってさ。びっくりしちゃった。あいかわらず、点数高いよ。本当、おもしろい。おじさんは、お姉ちゃんのこと、好きになったの？」

「それは」

「好きじゃなかったんだね」

「好きとか、好きじゃないとか、そういうことじゃないんだ」

「じゃ、どういうこと？」

「言えない」

「なんで」

「人は、本当に愛していれば、かえって愛のことばなど、白々《しらじら》しくて言いたくなくなるものだ」

「こんどはだれの引用？　チェーホフじゃ、なさそうだけど」

「おねがいします。警察は、呼ばないでください」

「私はべつにいいんだよ。あなたとお姉ちゃんが心中したって、そりゃおどろいたけど、でも、べつにいいんだよ。ただ、うちの両親がブチギレてるの。わかるでしょ？　おじさんを起訴できないかって、弁護士と相談してるのを聞いたよ」

「ちがうんだ」

「だからさ、なにがちがうっていうの」

「……僕は、この時代の住人じゃないんだ」

やぶれかぶれになっていました。

私はとうとう、自分が太宰治という無名の小説家であること、一九四八年に心中したこと、なぜか二〇一七年の日本に飛ばされて、大変に困惑していることを告げました。もちろん、女生徒が信じてくれるわけもなく、きらいな野菜を飲みこんだような顔になりました。

「まじめに聞いて損した。くっだらない」

「ほ、本当なんだ」

「人間も、こうなっちゃ、おしまいね。点数が、下がったよ」

「信じてください。僕は……」

「転生したわけ？」

女生徒が、そのような単語を知っていたことにおどろきつつも、『転生』なるその一言が、私の脳の深いところに突き刺さります。

転生。

生まれ変わった。

生まれ直した。

まるで、イエスではありませんか。

死にたがりの私が、ふたたび生かされたのには、なにか理由があるのではないか。

あいかわらず、死にたくてしかたありませんが、はじめて、そう思いました。

第四章

太宰、家庭の幸福を語る

1

私はそのまま、『ふぁみれす』という店に、連れて行かれました。

たしかに女生徒は、私を警察に突き出すつもりはないらしく、出されたビイルがよく冷えていたこともあり、ようやく、人心地《ひとごこち》つきました。

あたりを見回すと、お客のほとんどが、洋食を注文しています。女生徒も、雑炊《ぞうすい》にチーズをかけたような、見たこともない料理を食べていました。食欲はありませんでした。私はじつは、恥ずかしいほどの大食漢《たいしょくかん》なのですが、食事そのものには、まるで興味がなく、食べるという行為は、ただひたすら、生存のためだけにありました。

自分は、空腹ということを知りません。

衣食住にこまらない家に育ったという意味ではなく、そんな馬鹿な意味ではなく、空腹という感覚がどんなものだか、さっぱりわからないのです。私はいやしい人間なので、いくらでも食べられますが、空腹感から、ものを食べた記憶はなく、いつも、しかたなく、腹に詰めていました。お酒だって、たくさん飲みますが、飲みたくて飲んだことなど、一度もありません。信じてください。

ふぁみれすという店舗は、どうやら、キリスト者《しゃ》が運営しているらしく、壁には、ギルランダイオの描いた『最後の晩餐《ばんさん》』の複製画がかかっていました。ダヴィンチの描いたイエスとはちがい、ギルランダイオのイエスは、通俗というか、おすましているというか、馬のような顔をしています。この画家は、まことの信仰を、知らないのでしょう。宗教とは、奇跡を信じる力、不合理を信じる力です。合理主義者には、宗教を信じることができないのです。

私は、馬面《うまづら》のイエスから、いつも自分を小馬鹿にする大家《たいか》、志賀直哉《しがなおや》のことを思い出しました。聞いた話では、あの馬面、洋食をがつがつ食べ、ウイスキイを愛飲しているそうですが、げえっとなります。腕力自慢の老作家に、ウイスキイのかなしみが、わかるはずもない。日本酒は喜劇、ウイスキイは悲劇。そんな情緒にも気づかず、肉も酒もぺろりと一飲み。食欲における淫乱《いんらん》である。つき合いきれない。それなのにみんな、志賀直哉を褒めちぎって！　貴族的とか、気品とか言うけれど、あれはただの成金趣味だよ。本当の気品というものは、まっくろいどっしりした大きい岩に、白菊一輪だ！

「で、いいかげんに、教えてよね。おじさんは何者なの？　そんな格好で、変なことばかり言ってさ、もしかして、芸人？」

女生徒の声で、われに返りました。

今は、志賀直哉の悪口で盛り上がっている場合ではありません。

「たしかに僕は、コメディアンの気持ちで生きていますが……」

「やっぱりそうなんだ。テレビじゃ見たことないけど、ユーチューバー？」

「いや、僕は、だから、太宰……」

「そういうのいいから。でも、本当にそっくり」

「そっくりとは」

「又吉《またよし》に見せたいくらい」

「きみの友人かい？」

「知らないの？　嘘でしょ。芸人なんだから、同業者の顔くらい知っておかなくちゃ」

話が噛み合いません。

それもそのはず、私は、一九四八年から二〇一七年に、『転生』したのですから、話が合うわけがないのです。それにしても、転生とは、おどろきました。我が身に起こったこの不合理を、信じ抜くことができるでしょうか。私はキリスト教徒ではありませんが、それでも、信仰心がためされているのを感じました。

「はいこれ。あずかってたの」

女生徒は食事を終えると、見たこともない色の飲み物をストローで吸いつつ、分厚い封筒をテーブルに置きました。

現代の紙幣なのでしょう、福沢諭吉《ふくざわゆきち》の顔が描かれたお札が、そこには何十枚も入っていました。お札の上には一筆箋《いっぴつせん》があり、『うらんではおりません　立ち直ってください　夏子』と書かれていました。可憐《かれん》なお便りでしたが、甘えているようにも感じました。アッツ島で玉砕《ぎょくさい》した、私の若い友人、三田循《みたじゅんじ》司君の手紙は、尊かった。女の手紙は、ミルクをわかす燃料にしかなりません。

「これは」

私が困惑していますと、

「受け取って。おじさんのものだから。お姉ちゃんは元気よ。まだ入院してるけど、話はできるし、おじさんの心配ばかりしてた」

「きみは、ええと」

「乃々夏《ののか》。長峰乃々夏。くそみたいな名前でしょ」

ぎょっとした顔で見てしまったのでしょう。乃々夏と名乗った女生徒は、「なにさ。悪いの？　本当のことだもの」と言いました。

「いや、きみが、そういうことばを使うことは、なんとなく予測していたから。きみは、乃々夏さんは、その……僕をうらんでいないの？」

「私が？　なんでさ」

乃々夏はまるで、傑作な冗談でも聞いたように噴き出し、整った顔をゆがめました。

私はどう反応すればいいのかわからず、ほとんど残っていないビイルに、口をつけました。

「心中については、私の問題じゃないもの。おじさんとお姉ちゃんの決めたことだもの。さっきも言ったけど、べつにどうとも思わないよ。好きでやったんでしょ」

「なにを」

「だから心中を。好きでやったんなら、じゃ、それでいいわ」

「夏子さんが死んでいても、おなじことを言ったかい？」

「知るわけないでしょ。お姉ちゃん、生きてるんだもの」

「うむ。まあそうなんだが」

「ねえちょっと、想像してほしいんだけど。はじめて会った男と心中して、失敗して、病院のベッドで点滴打つはめになったのに、心中相手の心配ばかりしてるアラサー女にさ、同情しろってほうがむりな話じゃない？」

「夏子さんに、会いたいな」

「やめとけば。まだ入院してるし、警察とうちの親が、目を光らせてるから。おじさんは、このお金をもって、さっさと、どこかに行くべきじゃない？　五十万円入ってたから。あ、何枚かは私がもらったけどね」

「泥棒！」

「は？　手間賃《てまちん》ってやつだよ」

悪びれた様子もなく、乃々夏は自分の財布から、『手間賃』である数枚のお札を取り出して、私に見せつけました。

このような女を、今までに見たことがありません。

いえ、萌芽《ほうが》は見えていました。戦争に負け、軍国主義と封建《ほうけん》主義ががらがらとくずれた瓦礫《がれき》の中から、このような女たちが現れるのを、私はどこかで予感していました。自力で道を切り開き、生き生きと暮らす女性が主人公の、『ヴィヨンの妻』という小説を、私は、敗戦の翌年に書きました。

強きヒロイン。

このような女たちが現れるのは、わかっていました。

実際に出会ってみますと、どうにも、苦手です。

2

家族の話題はいつしか、乃々夏の愚痴《ぐち》にうつり、この強きヒロインも、家庭とうまくいっていないことが、あきらかになりました。乃々夏は両親をきらい、姉を軽蔑《けいべつ》し、そのせいで家に帰りたくなく、各所を、転々としているそうでした。現代の日本においても、家庭の幸福というものは、難物《なんぶつ》のようです。私自身も、郷里への思いは複雑ですし、家族がいる自宅に帰るのもおっくうで、あちこち、あちこち、飲み歩いていました。気分は、渡り鳥。休まる場所など、ありゃしない。

「自分の家の前で立ち止まり、覚悟を決めてドアを押すってやつだよ」

夏子は歌うように言いました。

「気取っているね」

「は？」

「いや、なんでもない」

「あんな家、さっさと出たいんだけどね。親があれで、姉がこれじゃ、人生がハードモードよ」

「ひどい家庭には、見えなかったが」

「まさにそこが、こまったところなの。外から見れば、お金もあるし、しあわせそうでしょ？　でも実際は、毒親《どくおや》なわけ。虐待とか、貧乏とか、そういう、わかりやすい話じゃないから、まわりに言っても、みんな、まともに聞いてくれないしさ」

毒親とは、よい表現だなと思いました。どんなに逃げても、逃げられない。ずぶずぶ埋まる、毒の沼。

家庭という毒沼に、今でもはまっている思いの私は、

「なにをやっても、家庭という沼からは、逃げられないものだよ。それとね、孤独は、貴族の宿命さ。貴族の気持ちは、だれにも、理解してもらえない。こんな僕にも、地元に、

親友と呼べる人がいたが、僕が貴族なばかりに……」

「べつに私、自分を貴族とは、思ってないけど」

「え？　そ、そうなのかい」

「お金にはこまってないけど、それと、貴族とは、関係ないし」

「きみは、子供の時分から、家族をきらっていたの？」

「どうかな、わかんない。仲良かったとは思うし、みんなで旅行に行ったりもしたよ。でもさ、そんなことって、なにかの証明になる？　親がハワイに連れて行ってくれたり、姉が甘えさせてくれたとしても、私がノーと言ったら、それまでじゃないかな。そっちの愛はべつとして、私がいやなんだからさ」

「家族の話は、もう、よそうじゃないか」

子供より親が大事、と思いたい。子供よりも、その親のほうが弱いのだ。

『桜桃《おうとう》』という短編で、そのようなことを書いた私には、幾人かの子供がいましたが、まるで乃々夏が、まだうまく主張できない幼《おさな》子たちに成り代わり、私を糾弾《きゅうだん》しているように感ぜられ、おそろしくなりました。

なので話題をずらそうと、ふたたび道化をやることにして、

「僕は大人だが、親に迷惑をかけどおしなんだ」

「ふーん。親にお金を借りたことある？」

「なんども」

「あはは。くそじゃん！」

なんでもいいから笑わせておけばいいのだ。

会話は終わり、私たちは、ふぁみれすを出ることにしました。

乃々夏は去り際、

「いろいろ言ってごめんね。たぶん私、あっさり心中したおじさんたちが、ちょっとだけ、うらやましかったのかもしれない」

「僕が言うのもなんだが、死んじゃあ、いけないよ」

「死なないよ。家から出たいだけ」

「見合いでもすればいいさ」

「馬鹿言わないで」

「きっと、もらい手はすぐに見つかる。顔が綺麗だってことは、一つの不幸だからね」

道化ではなく、本心からのことばでしたが、乃々夏はふたたび笑いました。

「今のはちょっと、おもしろかった。高得点だよ。でもねおじさん、私は十六だよ。この年で結婚する人間なんて、どうかしてるでしょ」

「それでも、恋愛はしておきなさい。男とつきあわない女は、だんだん色あせる。女とつきあわない男は、だんだん馬鹿になる」

「それもチェーホフ」

私は、この若い読書家に、『女生徒』を読むようにすすめようとしましたが、私の本が、この時代に売っているわけがないので、やめました。

第五章

太宰、カプセルホテルを満喫する

1

生活に必要なものはなにか。

衣食住である。

私は貧乏がきらいです。生きているかぎりは、人にごちそうをし、伊達《だて》な着物を着て、いいところに住みたいと願っているのですが、同時に、そうしたものに対する執着を、ちっとも持てない自分がいました。着物は、お金がないときに質《しち》へ入れるもの。食事は、鮭缶に味の素をかけたものが好物。住居は、月五十円の借家。

衣食住に人一倍こだわるくせに、変に無関心でした。

錯乱しているのです。

このような人間が、計画的にお金を使えるはずもなく、私はつねに金欠で、それでもかろうじて生活ができたのは、小説家という仕事と、救いの手のおかげです。原稿料が入れば、あるだけ使い、文無《もんな》しになれば、井伏先生や郷里の兄に借金をする。こうやって、生きてきました。これが、私というものでした。

しかし今は、だれにたよることもできず、仕事もありません。

私にあるのは、夏子からいただいた五十万円、いえ、乃々夏が抜き取ったので、四十六万円。

当面は、これだけで、生活をやりくりせねばなりません。

節約しなければならないのです。

ああ、節約。私にとってそのことばほど、おそろしいものはありませんでした。節約って、なんのこと？　貧乏って、どんなこと？　津軽の大地主の六男坊として、なに不自由なく育てられた私は、結局、貴族なのです。お金がなくなっても、どこか貧乏ごっこの気持ちでいる私には、節約するのも、地下足袋《じかたび》はいて、ヨイトマケやって、経済を維持するのも、むり。

今の私は、幽霊。

それも、衣食住を必要とする幽霊。

こんなにも、生きにくい幽霊が、あるでしょうか。

幽霊なのに、生きねばならないなんて。

ただでさえ不健全な自分の心が、しくしくと病んでいくような気がしました。芭蕉《ばしょう》の葉が、散らずに腐っていくように、立ち尽くしたまま腐敗していくのをありありと予感せられ、たまりません。転生ということばも、ほこりをかぶった聖書のように沈黙して、その輝きをうしなっています。

自殺のことばかり考えながら、三鷹をあてもなく歩いていると、乃々夏との会話を思い出しました。

「おじさん、住むところないんだって？」

「長峰家には、もどれないかな」

「本気で言ってるわけじゃ、ないんでしょ。ねえ、カプセルホテルに泊まるといいよ。私も家に帰りたくないとき、よく使ってるから」

「ホテルなんて、しかし……」

「大丈夫。今のカプセルホテルは、むかしとちがって清潔だし、なんでもそろってるからさ。地図を書いてあげる」

さきほど別れるとき、そのような話をしていたのです。

昭和十三年、自殺に失敗し、ほとんど筆を絶っていた私は、思いをあらたにする覚悟で、甲府《こうふ》にある茶店を借りました。賃料は忘れましたし、そこで書いた『火の鳥』は未完に終わりましたが、安いものでした。翌十四年、井伏さんの媒酌《ばいしゃく》で今の妻をもらい、そのとき、甲府の郊外に借りた家は、六円五十銭でした。しかしここは、三鷹といっても東京ですから、ホテルに連泊するとなれば、いくらかかるかわかりません。ホテルだなんて、それこそ貴族じゃあるまいし。とはいえ、乃々夏の助言のほかにたよるべきものはなく、私は結局、カプセルホテルというところへむかいました。

カプセルホテルの外観は、ホテルと呼称するだけあり、りっぱなものでしたが、えいやとばかりフロントで聞いてみると、一泊、三千円とのこと。現代の貨幣相場は、まだよく把握していませんが、安いということはたしかで、拍子《ひょうし》抜けしました。

ためしに、一ヵ月、そこで暮らすことにしました。

宿帳《やどちょう》には、津島修治《つしましゅうじ》と記帳しました。

私の本名です。

部屋番号のついた鍵をもらい、通路を進むと、広い空間いっぱいに、二段に積まれた箱がならんでいました。そんな死体安置所のような光景があるだけで、どこをさがしても客室がありません。現代という時代の複雑怪奇に、いささか、うんざりしてきました。ホテルで自分の部屋を見つけることが、どうして、こんなにも、むずかしいのでしょう。

私はフロントに引き返し、狼狽《ろうばい》も隠さず、

「あ、あの、客室が、どこにもないのですが」

「ございますよ」

「ございませんが……」

「ございますよ」

しぶしぶ、引き返しました。こう言われては、もう、なにもできません。

私の目は節穴《ふしあな》ですから、見落としたにちがいないと思い、こんどは地図を確認すると、鍵に書かれた部屋番号を見つけました。ですが通路の先には、やはり、二段式の箱がならんでいるだけで、客室はありません。箱の一つ一つには、プラスチック製の四角い窓があり、その下には、数字の書かれたプレートが貼られていました。はっとして、箱の一つをのぞくと、なんとそこには、おどろくべきことに、簡易ベッドが置かれていました。

私はそれを見て、カプセルホテルという名前の理由に、今さら、気づきました。宿泊者は、カプセルというよりは棺桶《かんおけ》に近いこの空間で、寝泊まりしているのです。生者の尊厳が、剝《は》ぎ取られてしまった。いったい、こんなものを作って、今の日本は、どうなっているのか。

ホテルとは名ばかりの棺桶に入って、これから一ヵ月間も暮らすのだと思うと、卑屈《ひくつ》に泣きたくなりましたが、しょげているわけにもいきません。私は自分の部屋番号が書かれたカプセルに、苦労して入りました。番号！　人権！　脳病院のことを、思い出しそうになります。真理と表現。銅貨のふくしゅう。ただ、飼いはなちあるだけでは、金魚も月余《げつよ》の命、保たず。いつわりでよし、プライドを、自由を、青草原を！

寝よう。

睡眠こそ、最良の安定剤。

くたびれたら寝ころべ！

私はカプセルの中で、足をのばしました。思いのほか、ベッドがやわらかく、悪くない寝心地です。なにより、このせまさが、いい、塩梅《あんばい》。子供のころ、押し入れに入ると、不思議と落ちついたものですが、それと似た心地になりました。

これくらいが、いいのかもしれない。

本来ならば、この時代に生きているわけもない私は、幽霊みたいなものですから、棺桶で眠るのが必然なのです。

2

生活に必要なものはなにか。

衣食住である。

とりあえず、住処《すみか》は確保しましたが、早急に必要とされるのは、食でした。どうにも、迷信のように聞こえますが、人は、めしを食べなければ死んでしまいます。服よりも家よりも、めし。なにはなくとも、めし。私にとって、このことばほど難解で晦渋《かいじゅう》で、そうして脅迫めいた響きを感じるものはありません。

めしを食べなければ死ぬ。そう言われても空腹感はなく、さらには、不慣れな現代の日本で、ものを食べるのも面倒な気がしたので、午睡《ごすい》から目覚めた私は、ふたたび眠ろうとしたのですが、咽喉《のど》が渇いていたこともあり、のろのろと、カプセルから這い出ました。

咽喉という字が、苦手でした。こんなにとげとげした名前の器官が、自分の首に埋まっていると想像するだけで、咳が出そうになります。

ふたたび地図を見てみると、大浴場という表記を見つけました。ホテル内に、そのようなものがあるというのでしょうか。フロントで聞いてみますと、

「ございますよ」

とのことでした。しかも、宿泊者は無料で使えるらしく、とくにやることもない私は、地下にあるという大浴場に行くことにしました。

想像を、はるかに超える広さでした。純白のタイルが貼られた浴場は、清楚《せいそ》の感じに満ちていて、大きな湯槽《ゆぶね》には、たっぷりの湯が、なみなみと入り、輝いています。これほどの大浴場を作るより、そのぶん、客室を広くすればいいのに。私はむかしから、人間の生活というものが見当つかないのですが、現代日本にかんしては、もはや、理解しようという気さえ起こりません。

それでも温泉は快適で、私は転生してからはじめて、汗を流しました。湯槽につかると、熱い湯が全身にしみわたり、うめき声がもれます。甲府の近くに、湯村《ゆむら》という集落があり、そこで入った大衆浴場は、ひどくぬるいものでした。水とそんなにちがわず、湯槽に一度入ってしまうと、身動きもできません。ちょっと肩を出すと、寒くてたまらないのです。それでもあの大衆浴場には、水道のカランと、そなえつけのコップがありました。お湯につかりながら、冷えた水が飲みたかったのに、残念です。洗い場にもどって、水を飲みま

した。うまくも、まずくもない水でした。

洗い場の横には扉があり、なんの気なく、開けてみました。むっとくる蒸気が顔にかかり、私は思わず、ひゃあと叫びました。ここはどうやら、蒸し風呂のようです。開けた扉のむこうから、焼けつくような蒸気が流れてきます。

次々とやってくる蒸気に、悪戦苦闘していますと、

「おいこら、サウナが冷えるじゃねえか。さっさと閉めろ！」

という怒号《どごう》が響きました。

室内には、汗みずくの中年男がすわっていて、こちらをにらんでいます。

私はおどろいて扉を閉めました。あわてたせいか、扉を閉める直前、なぜか、蒸し風呂の中に飛びこんでしまいました。熱い蒸気が全身にまとわりつき、たちまち、汗が浮かんできます。このままでは、倒れそうでしたが、ふたたび、扉を開ける勇気もなかったので、あきらめて、腰かけることにしました。自分を怒鳴りつけた男と、二人きり。こわくて、がくがくと震えました。

「どうしたよ、あんちゃん。寒いのか？」

中年男が、視線をこちらにむけました。

また怒鳴られるのではと思うと、おそろしくて、たまりません。より激しく、からだが震えます。

「こいつぁ、いけねえ。あんちゃん、病気でもやったのか？」

中年男は、年齢は私と変わらないくらいですが、体格がまるでちがいます。両腕はやけに太く、分厚い胸板には、もじゃもじゃした毛が生えていました。いっぽう、私の胸は貧弱で、肋骨《ろっこつ》がみにくく浮いていました。たしかにこれでは、病人に見られても、しかたありません。

私は恐怖の中で答えました。

「じ、じつは、肺を患《わずら》っていまして、先月は、喀血《かっけつ》を……」

「大丈夫かよ。まあでも、しっかりサウナに入りゃ、そんなもん、たちまち治っちまうぜ。健全な肉体には、健全な魂が宿るからな」

そのことわざは、ギリシャ原文では、健全な肉体に、健全な精神が宿ったならば。という願望の意味がふくまれているのだそうです。健全な肉体に、健全な精神が宿っていたならば、それは、どんなにみごとなものだろう。けれども現実は、そんなにうまくいかないからなあ。という意味らしいのですが、いちいち反論して、相手を怒らせるのもいやですから、「そうですね」とだけ言いました。

「あんちゃんは、泊まりかい？」

「あなたは、ちがうのですか？」

「このホテルは、風呂だけの利用もできるんだ。俺ぁ、鳶《とび》やってるんだが、現場が近いとき、ここでひとっ風呂浴びてよ、サウナ入ってよ、めしを食って帰るのさ」

「はあ」

「カカアには、風呂なんて家にもあるんだから、さっさと帰ってこいって言われるけどよ、やっぱりサイズがちがうだろ。家の風呂じゃ、満足に足ものばせられねえからなあ！　がは、がははは！」

中年男は胸毛を搔《か》きながら、豪快に笑いました。二つの目は飛び出しているように大きく、毛蟹《けがに》にそっくりでした。

「そんで、あんちゃんは、泊まりかい？」

「は、はい」

「なんでそんなに震えてるんだ？」

「持病の癪《しゃく》が……」

「そんなに調子が悪いなら、家でおとなしく寝てろよ」

「僕も、そうしたいところなんですが、ちょっと、問題があって」

「問題？」

「お恥ずかしい話ですが、家に帰れなくて……」

「よせよせ。みなまで言うな。うん、うん、わかるぜ。そういうときもあるよな。なるほど。それで、ホテルに泊まってるわけか」

毛蟹は、妙に納得した表情を浮かべて、

「あんちゃんは、結婚してんのか？」

「はあ。二番目の妻ですが」

「バツイチかよ！」

「ばついち？」

「結婚して、何年だ？」

「もう十年になります」

「奇遇じゃねえか。俺もだよ。十年目ってのは、いろいろと問題が出てくるもんだぜ。俺んとこも、いつまでもアパート暮らしはいやだとか、稼ぎが悪いとか、カカアがうるさくてたまらねえ。あんちゃん、まあ、気落ちすんなや」

「はあ……」

「こういうことは、はじめてかい？」

「はじめてです」

蒸し風呂のことでしょうか。

「あんちゃん、顔が真っ青だぜ。ずいぶんと、つらいんじゃねえのか？　そういうときはよ、飲むにかぎる。飲んで、飲んで、飲まれて、飲むんだ。それで、いやなこと全部、忘れちまえばいい」

「僕も、飲みたいところですが、失業中で、お金が……」

「ははあ。そいつが、夫婦喧嘩《げんか》の原因か」

「夫婦喧嘩?」

「めしくらい、俺がおごってやるよ。馬鹿にしちゃ、いけねえ。俺ぁな、それくらい、稼いでるんだ」

求めよ、さらばあたえられん。

3

生活に必要なものはなにか。

衣食住である。

カプセルホテルには、館内着というものがあるらしく、ホテル内ならば、その格好で歩き回ることができ、宿泊中は、毎日取り替えてくれるそうで、私はさっそく、着替えました。館内着は甚平《じんべい》に似ていて、よく馴染みました。ホテル内にある食堂は、一膳飯屋《いちぜんめしや》のような内装で、これもまた、よく馴染みました。どんなものであれ、一九四八年に近いほうが、楽な気持ちになりますが、同時に、自分が異邦人であることを証明されたようで、泣きたくもなりました。

「おう、きたか。こっちだ。こっちだ」

毛蟹が手招きしています。

テーブルには、ししゃもや刺し身が、すでに置かれていました。

私がむかいにすわると、毛蟹はすぐに女中を呼んで、あれこれ、注文をしました。まもなく、私の前に、ビイルが置かれました。本当はビイルより、ウイスキイをいただきたかったのですが、わがままを、言えるはずもありません。

「乾杯！」

毛蟹は、叩きつけんばかりの勢いで、グラスを当ててきました。これほど強烈な乾杯は、はじめてだったので、私のグラスから少し、泡がこぼれました。

「なさけえねえな。満足に乾杯もできねえのかよ。細腕すぎて、いけねえや」

「どうも、筋力がなくて……」

酒と薬で、からだを壊し、最近は、生きているのも、やっとでした。『人間失格』を書いているあいだなどは、朦朧《もうろう》となることさえありました。それでも、転生してからは快調で、ずっと私をくるしめてきた不眠の兆候もありません。そのためか、あるいは、蒸し風呂に長いこと入っていたからか、ビイルがおいしく感ぜられました。私はこれまで、ビイルをうまいと思ったことがありませんでした。

毛蟹は、親切心からでしょう、私にあれこれ食べるように命じました。空腹ではありませんでしたが、めしを食わなければ死ぬという呪いのことばを思い出し、ししゃもをかじりました。女の指でもかじっているようでした。

風呂上がりの酒は、よく回る。

そのうちに、二人とも、酔っぱらいました。

ビイルを痛飲していますと、今が二〇一七年であることも忘れて、あのなつかしい、秘密の会合が思い出され、なんともいえない心地になりました。それは、ひどく酔っているのに、同時に、酔いが冷めていくような、矛盾だらけの心地でした。私は、学生時代、非合法活動にかかわったことがあります。そのとき出会った『同志』は、酔うたびに、反帝国主義だの、マルクス経済学だのといった理論をふりまいていました。私はお道化のサーヴィスをして、彼らを楽しませてきましたが、たんに、非合法の空気が楽だっただけで、けっして、マルクスによって結ばれた親愛ではありませんでした。

「俺んとこよぉ、来月、ガキが生まれるんだ」

「それは、おめでとうございます」

「めでたかねえよ。なんか最近、世界情勢が、キナくさいじゃねえか」

「世界情勢？」

「お、馬鹿にしやがるのか。鳶にだって、世界情勢くらい、わかるんだ。なめんじゃねえぞ。俺ぁな、こう見えて、高校を出てるんだ」

「僕は、中退です」

「がははは！　なぁんだ。中退かよ！　俺のほうが、学歴は上ってことだなぁ」

東京帝国大学中退であることは、だまっておくことにしました。

「あんちゃん、学歴なんて、気にすんな。でな、話をもどすけど、最近の世界情勢は、キナくさくてかなわねえ。政治家も、国民も、また戦争をやりたがってるように感じるんだが、いったい、どうなってんだ？　俺には、わけがわからんよ。戦争に負けて、あれだけひどい目に遭ったってのに、すっかり、忘れちまったのかね」

「日本は今、戦争をしてないんですね？」

「あ？　ボロ負けしてから、一度もやってねえだろ」

「そ、そうでした」

「これはずっと疑問なんだが、愛国心ってやつは、そんなに必要なものなんだろうかね。日本賛美のテレビをやって、日の丸をぶんぶんやって、それでまわりの国を警戒させて、なにをやってんだか。国を愛する気持ちは、そりゃ大事だけどよ、ほどほどじゃないと、あぶなっかしい」

大工の愛国論。興味なし。興味なし。

「日本を愛するというのは、正常なことじゃないでしょうか」

それでも私は、れいのお道化のサーヴィスをやって、議論を広げました。きっと、この毛蟹という男が、きらいにはなれなかったのでしょう。

「あんちゃん、それは、どういうこった。今はもう、七十年前じゃねえんだぞ。天皇陛下《へいか》万歳の時代じゃねえんだぞ。愛国心ばかりにたよると、また、戦争の時代に逆もどりになっちまうじゃねえか」

「いえ、戦争の時代だろうと、軍部が馬鹿だろうと、愛国というものは、ありました。実際、ていどの差はあっても、僕たちは、あの戦争において、日本に味方をしました」

「だからよ、今はもう、そんな時代じゃねえんだ。もっと新しい目で……」

「敗色濃厚な日本に対して、『見ちゃいられねえ』というのが、僕の実感でした」

「実感だあ？」

「そう、実感です！　実感は、なによりも強い！」

酒の勢いもあり、声が大きくなりました。

ことばを発するたびに後悔しながら、私はそれでも、しゃべることをとめられません。

「たしかに、あのころの政府は、頭の悪い父親のようなもので、バクチの尻ぬぐいに女房子供の着物をもち出し、それでもバクチをよさずにヤケ酒なんか飲んで、女房子供は飢《う》えと寒さにひいひい泣けば、うるさい！　亭主をなんと心得ている、今に大金持になるのに、わからんか！　などとさわいで手がつけられず、僕も、小説が全文削除になったり、出版不許可になったり、情報局に目をつけられたり、そのうちに二度も家が焼けて、ひどい目にばかり遭いました！　しかし、その馬鹿親に、孝行を尽くそうと思いました」

「なんだそれ。敗者の美学か？　特攻隊か？」

「僕はけっして、妙な美談の主人公になりたくて、こんなことを言ってるんじゃありません！　ほかの人も、たいてい、そんな気持ちで、日本のために力を尽くしたのだと思いますよ。はっきり言いますが、僕たちはみんな、今回の戦争において、日本に味方しました」

「結局、負けたじゃねえか」

「かえって、それで、よかったんです。あんなありさまで、もし日本が勝っていたら、日本は神の国ではなくて、魔の国でしょう？　日本が勝っていたら、僕は今ほど、日本を愛することはできなかった」

「それが、あんちゃんの実感だってのか」

「実感に勝るものは、ありません。それでも、勉強は大切です。大工よ、あなたはもっと、勉強なさい。かしこくなりなさい。教養のないところに、真の幸福は絶対にないのだから！　魯迅《ろじん》が生きていたら、今の日本を見て、なんと言ったでしょう」

「ロジンってのは、なんだい？」

「魯迅は、革命による民衆の幸福の可能性をうたがい、まず民衆の啓蒙《けいもう》に着眼しました。レニンは、後輩に対してつねに、『勉強せよ、勉強せよ、そして勉強せよ』と教えていました」

「あんちゃん……本当に中退なのか」

「あなたはどうも、ジャーナリズムをうたがっているようですね。うむ、おおいに、けっこう！　ジャーナリズムは、いけません。僕は今の、ジャーナリズムのヒステリックな叫びに、反対であります。戦争中に、グロテスクな嘘を書きならべて、こんどはくるりと裏がえしの嘘をまた書きならべていやがる。恥知らずも、いいところだ！　洗練された人間は、照れることを知っています。レニンは、とても、照れ屋だったそうではありませんか。講談社《こうだんしゃ》が、『キング』という雑誌を復活させたという広告を見て、僕は列国の教養人に対し、冷汗をかきました。キングとは、おそれいったな。どうして、こんなに、厚顔無恥《こうがんむち》なんだろう！　はにかみを忘れた国は、文明国でない。汝らおのれを愛するがごとく、汝の隣人を愛せよ。これこそが、僕の最初のモットーであり、最後のモットーです！　僕の、最後の、求愛です！」

第六章

太宰、自分の本を見つける

1

カプセルホテルには、奇妙なルールがありまして、連泊していても、チェックアウトの時間になったら、外に出なければならないらしく、そんなこともあり、ホテル生活二日目の朝、私は三鷹の町をふらつくことになりました。

今日は、六月十九日。

私の、誕生日。

明治四十二年の六月十九日に生まれた私が、三十九歳になるのか、一〇八歳になるのかは、議論の余地がありますが、なんにせよ、ふたたび誕生日をむかえるものとは、思っていませんでした。

そして、こちらは議論の余地もありませんが、明治四十二年に生まれた人で、幸福な人は一人もいません。やりきれない星なのです。しかも、六月。しかも、十九日。

そんなわけで、私は大人ですが、お祝いしてもらえないのをさびしく感じました。

こんなときこそ、毛蟹に遊んでもらえたらよかったのですが、

「俺ぁ、帰るぜ。先生は、しばらくここに、泊まってるんだろ？　また会おうぜ。くよくよすんなよ。仕事は、すぐに見つかるさ！」

と言って、帰ってしまいました。

いつのまにか、『あんちゃん』から、『先生』に、格上げされたようですが、尊敬されるより、かまってもらいたかった。

現代の三鷹には、行き場所がありません。自分の家も、馴染みの店も、仕事部屋も、サッちゃんの下宿も、そんなものは、どこにもない。一日がはじまったばかりなのに、もう、死にたくなりました。孤独は好きだけど、一人は、いやなんだ。

二日酔いの胃は、石をまとめて飲みこんだように重く、私は、『赤ずきん』の狼のように、自分の胃をかかえながら、変貌した三鷹をうろつきました。なんにも、することがない。ひまな私は歩きながら、昨夜ぶちまけた自説を反芻《はんすう》して、あまりの恥ずかしさに、さらに胃を重たくさせます。それでも、あれが、私の実感でした。あのときの日本は、馬鹿親だった。私たちはそれでも、馬鹿親を愛した。まったく、くそまじめな色男気取りの議論が、国をほろぼしたんだ。はにかみ屋ばかりだったら、こんなことにまでなりやしなかったんだ。そして、戦争が終ったら、舌の根も乾かぬうちに、こんどはまた急に何々主義だの、あさましくさわいで、演説なんかしているけれども、ちっとも、信用できない。主義も、思想も、へったくれもいらない。男は嘘を吐くことをやめて、女は欲を捨てたら、それでもう、日本の新しい建設ができるでしょう。

毛蟹はあのとき、ジャーナリズムをうたがっていました。私も、同感です。戦後のジャーナリズムは、戦前のそれ以上に、ひどいものでした。戦争賛美の文章を書いていたペンで、こんどは、軍部批判を書いていやがる。時勢に便乗。てのひら返し。あきれて、ものが言えないよ。時代の追い風を受けて、文章を書くなんて、実感を忘れた者のやることだ。敗戦以来、一度も戦争をしていないという現在の日本では、どのような文章が書かれているのでしょう。イデオロギイ小説でも、流行っているのかしら。大戦中の右翼小説ほどひどくありませんが、やかましいという点においては、どっちもどっち。物書きなら、もう少し、無頼《ぶらい》になれ。私は、無頼派です。

本屋に、行ってみよう。

その発想が、ようやく、私の頭にやどりました。

2

三鷹駅の中に、本屋がありました。

駅売りといえば、粗悪《そあく》で卑猥な雑誌ばかりという印象でしたが、ずいぶん、充実しています。隙間を埋め尽くすように、あちこちに本が敷きつめられた本屋をめぐっていますと、心が、ぱあっと晴れていくような気分と、泥沼に沈んでいくような気分が交互にやってきて、呼吸がくるしくなりました。

戦争も末期になると、用紙不足によって、多くの雑誌は廃刊となり、新聞は朝刊だけとなり、最後はとうとう、わずか二ページという、尻紙のような惨状になりました。深刻な用紙不足は、戦争が終わっても改善されず、私は物書きのはしくれとして、事態を憂慮していましたが、どうやら出版業界は復活、いえ、より活気に満ちているようです。東京のはずれである三鷹でさえ、これほどの規模の本屋があるのですから、中心部には、それ以上の本屋が建ちならんでいるのでしょう。文化のレヴェルが、ぐんと高まったようで、たのもしく感じました。

棚に置かれた本をながめると、『ａｎａｎ』『創《つくる》』『クロワッサン』『ＬＥＯＮ』『東京カレンダー』『ひよこクラブ』など、一見しただけでは、内容のわからない題であふれていました。それはとても、よいことでした。生活は、余白がなければ、行き詰まる。題を見ただけでは、なにがなんだかわからない本があふれているというのは、今が、余白を楽しめる時代になったということです。

戦争中は、必死の本ばかりでした。『桃太郎』には、鬼ではなくアメリカの兵隊が出てきて、婦人誌の表紙には、戦闘機の絵がつく始末。これでは、息が詰まって、休まらない。そもそも、本というのは、女子供が読むもので、だいの大人が目の色を変えて読むものではありません。自分の本の序文に、『婦女子のねむけ醒《ざま》しともなれば幸いなり』と書いたのは、滝沢馬琴《たきざわばきん》でしたが、まさに、そのとおり。いつだったか、島崎藤村《しまざきとうそん》の、『夜明け前』という本を、眠れぬ夜にちょうどいいとのことで、朝までかかって読み終え、そうしたら睡魔がやってきたので、うとうと眠ったとき、夢を見ました。それが、ちっとも、ぜんぜん、その作品とは関係のない夢でした。あとで知ったのですが、その人が、その作品を完成させるために、十年をついやしたということでした。

ふっと河岸《かし》を変えるように、べつの書棚に移動すると、空気が変化したことに気づきます。

そこには、『群像《ぐんぞう》』や、『新潮《しんちょう》』といった、文芸誌がならんでいました。

涙が出そうになりました。

時代が、つながっている。

二〇一七年にも、文学はつづいている。

文芸誌の表紙は、ずいぶんと雰囲気が変わっていましたが、その本質は、当時のままでした。雑誌から立ち上《のぼ》る独特の空気は、私がいた時代とおなじものでした。私が書き、笑われ、馬鹿にされ、そしてとうとう、自分の命までうばった、あの場所と、まったくおなじものでした。

私は、『新潮』に手をのばし、ぱらぱらとペエジをめくります。文章を、読んではいませんでした。読まなくとも、わかるのだ。文学が今もなお存在していることが、わかるのだ。

選ばれてあることの恍惚と不安と二つ我にあり。私には、選ばれた人間だという自負がある。私は歯を食いしばり、とうとう、決意し、ある目的のために動きました。

そうです、私は、あるはずもない自分の本をさがすため、本屋にやってきたのです。

自殺するような気持ちで、本屋を見回すと、『武蔵野《むさしの》に暮らした文学者　太宰治コーナー』という一角があり、なんと、そこには、三鷹の陸橋を下りる私の写真と、私の著作が、ずらりとならんでいるではありませんか。

『斜陽』『晩年』『人間失格』『グッド・バイ』『ヴィヨンの妻』『二十世紀旗手』『女生徒』『桜桃』『走れメロス』『津軽』『お伽草紙』『パンドラの匣《はこ》』『きりぎりす』『ろまん燈籠《どうろう》』『正義と微笑』『惜別《せきべつ》』『新樹《しんじゅ》の言葉』！

これは、いったい、どういうことでしょう。

書店員の娘さんと目が合いました。

3

「あ、あの……」

「いらっしゃいませお客様」

「あの、あっ」

「おさがしの本がございますか？」

「聞きたいことがありまして」

「なんでございましょう？」

「だ、太宰治という作家なのですが、もしかして、有名なのですか？　いえね、そんなことないとは思いますが、きざな顔をしていやがるし、どうせ、ろくなものを書いていないと……」

「太宰治は有名ですよ」

「有名！」

「教科書にも載っていますし」

「教科書！」

「今もたいへん売れていますし」

「売れている！」

「本を読む方にも、そうでない方にも、太宰治という名前は、強烈ですからね。ぜひとも、お買いもとめいただければと思います。あ、そういえば、今日は太宰の命日《めいにち》でした」

「誕生日です！」

「はい？」

「い、いえ。ところで、太宰治というのは、その、おもしろいですか？」

「もちろんですよ。私も……ファンなんです」

「ファン！」

キッスをしてあげたくなりました。

第七章

太宰、ライトノベルを読む

1

自分の本を買いこんでわかったこと。

この私、太宰治は、二〇一七年現在、歴史に名を残す偉人で、この私、太宰治は、わが国を代表する文学者で、この私、太宰治は、現在活躍している小説家たちにも多大なる影響をあたえ、この私、太宰治が書いた『斜陽』は、新潮文庫だけでも四百万部、『人間失格』は六百万部も売れ、この私、太宰治は、今もなお、老若男女に読み継がれているそうです。

選ばれてあることの恍惚と不安と二つ我にあり。

私は、勝ったのです。

なにを書いても売れず、志賀直哉や川端康成《かわばたやすなり》にはきらわれ、友人には笑われ、評論家にはあしらわれ、読者からは軽蔑のお便りがとどき、だれもかれもまっすぐに読んでくれず、ちっともうまくいかなかったこの私、太宰治は、まちがっていなかった。

私の小説は、今も読み継がれている。

それは、自分がいた時代からしてみれば、夏目《なつめ》漱石《そうせき》や森鷗外《もりおうがい》といっしょです。『斜陽』や『人間失格』は、『吾輩《わがはい》は猫である』や『舞姫』とおなじということです。

歴史に残った書物。

聖書まで、あと一歩。

カプセルホテルの、せまい客室の中で、自分の本を読みながら考えます。それにしたって、いくらなんでも、売れすぎてやしないか。自分の才能をうたがったことは、二度や三度だけですし、自分の作品こそが、文学のオーソドクスであると信じてもいましたが、『人間失格』が六百万部というのは、常軌《じょうき》を逸《いっ》している。私の苦悩に、六百万人が共感としたというのであれば、それは、奇妙というものだ。

奇妙といえば、本の装丁《そうてい》です。

私がいた時代では、たいてい、題と著者名があるだけか、絵があったとしても、花や風景がさっと描かれただけでしたが、現代に売られている『人間失格』は、学生服姿の青年が、不穏な微笑をたたえている絵が描かれていますし、『パンドラの匣』や『ヴィヨンの妻』にいたっては、おおよそ、内容とは無関係な、少女の写真が表紙に使われていました。私は最初、これは無能な編集者による愚策ではないか。勝手なことをしてゆるせんと憤慨《ふんがい》しましたが、よく考えてみますと、どの本も、最初の出版から、七十年以上がたっています。このような新装丁で、お化粧することで、現代の読者が手に取りやすくしているのでしょう。たとえば、『源氏物語』の登場人物に、スカートを履かせるように改変するわけにはいきませんが、装丁だけなら、なんとでもなります。

私は、このたくみな戦略に感心しましたが、それ以上に感心したのが、自分自身の作品についてです。ふつう、装丁を変えてみたところで、古典が現代の作品に見えるようなことはありません。しかし、太宰治の小説は、たったこれだけの作業で、現代人の心に、するすると入りこむことができるのです。これは、私の作品の普遍性と、私の才能の証明につながるわけで、満足しました。

現代において、私はあいかわらずの幽霊ではありましたが、それでも、本が残っているという事実は、私をすこぶる元気にさせ、数日後、ふたたび風呂を浴びにやってきた毛蟹とも、対等に話ができるようになりました。

その日も、ビイルをごちそうになりながら、

「僕はですね、人間は、正直でなければならないと、最近、つくづく感じます!」

「そりゃ、そうだと思うぜ。ふつうの感想だぜ」

「いや、お笑いになるのは、話をしまいまで聞いてからにしてください! 実際、おろかな感想ですが、昨日も道を歩きながら、つくづくそれを感じました。ごまかそうとするから、生活がむずかしく、ややこしくなるのです。正直に言い、正直に進むと、生活はじつに単純になります」

「そうかぁ? 正直に生きても、大変なだけじゃねえかな。ごまかしたり、嘘を吐いたりしなきゃ、やってられねえぜ」

「そうかもしれませんが、でも、正直に生きると、失敗する、ということがなくなります。失敗というのは、ごまかそうとして、ごまかしきれなかった場合のことを言うのです。それから、無欲というのも大切ですね。欲張ったり、ないものねだりをすると、どうしても、ちょっと、ごまかしてみたくなりますし、ごまかそうとすると、いろいろ、ややこしくなって、ついに馬脚《ばきゃく》をあらわして、つまらない思いをするようになります。わかりきった感想ですが、でも、これだけのことを体得するのに、僕は三十年以上もかかりました！」

「先生は、正直に生きてるってわけか？」

「心が派手で、だれとでもすぐ友達になり、一生懸命に奉仕《ほうし》して、捨てられる。それが、僕の、趣味でした。しかし、そんなことをやっていても、消耗するだけです。そういう生活は、たしかに、まわりをよい気持ちにさせるかもしれませんが、自分自身が消耗しては、いつかどこかで、壊れちゃう」

「がはははは！　そんなら先生は、早く家に帰って、自分のカカアに、ちゃんとあやまれよ」

「う、ううむ。僕はべつに、あやまることとなんて」

「わかる。わかるぜ。俺だって、やましいところなんかねえさ。それでも、怒ってくるのが、カカアってもんだよ。雨の日は、現場が休みなんで、アパートでごろごろしてるんだが、なんとなく、罪悪感みたいなものがあってなあ。カカアも食器を洗いながら、ちくちく小言を言いやがる。そんなときはな、あやまっておけばいいのさ。頭下げてりゃいいんだから、それだって、単純だろ？」

「はあ。そういうものですか」

「それによ、仕事なんてものは、より好みしなけりゃ、すぐに見つかるもんさ。あいにく、先生みたいな細腕は、俺のところじゃ雇えねえけど、先生を必要とするところは、どこかにきっとあるぜ」

「僕は今もなお、必要とされています！」

傲慢になった私は、ある日、ほかの小説家が、どれだけ生き残っているのか気になり、三鷹駅の書店にむかいました。

いくら本棚をさがしても、志賀直哉の本は見当たりません。

私のことを、「いやなポーズがあって、どうもいい点が見つからないね」と言い、それだけではなく、私の、『犯人』という小説を読んでは、「あれはひどいな。すぐに落ちがわかった」と笑い、さらに、『斜陽』を読んでは、「貴族の娘が女中のようなことばを使って、閉口したな」と指摘して、さんざん私をいじめてきた老作家の本は、どこにもありません。

歴史から消えたようで、清々《すがすが》しい気持ちになりました。

それみたことかと思いました。

あいつは、正直に、生きなかった。他人の弱さを愚弄《ぐろう》して、自分の強さを過信して、錯乱したように、てんてこまいをやっていた。周囲のごひいき連中のお好みに応じた表情を、キッとなってかまえてみせて、それをみんなが囃《はや》し立て、そうやって、世の中をあざむいているうちに、それみたことか、消えてしまった。弱い人間に冷たくて、人間を家来《けらい》にすることしか考えていないから、『シンガポール陥落』という、軍人精神に満ちた恥ずかしい文章を書くんだ。東条《とうじょう》英機《ひでき》だって、こんな無神経なことは書かないよ。志賀直哉は、こっぱみじん。あいつは、自分自身を、『お殺し』したんだ。

私を笑い、罵倒した評論家たちの名前も、やはり、残っていません。百年や二百年前の、いわば、華やかなレッテルのついた文豪の仕事ならば、無条件でほめたたえ、大いに宣伝これつとめても、すぐ隣にいる新人の作品は、イヒヒとしか解《かい》することができないあの連中は、私の作品が、平成という新時代にも読まれていることを知ったら、どんな顔をするでしょう。神棚にまつって、三拝九拝《さんぱいきゅうはい》して、「やあ、太宰先生はすばらしい」とでも、ほめたたえるのかしら。ぎゃっとなるね。志賀直哉は、『小説の神様』とか呼ばれていたけど、あれはね、馬鹿にされているんだよ。

川端康成の本は、いくらか置かれていましたが、解説を読んでみると、薬や自殺未遂といった私の悪い生活を、あれだけ否定していたくせに、なんと、自殺したそうです。笑わせやがる。正直に生きていなかったから、このようなことになるのだ。弱いなら、弱いまで、いいじゃないか。むりに筋力をつけようとするから、どこかでガタがきて、自殺するはめになる。

おなじ自殺でも、川端のそれは、私や芥川とは、まるでちがいます。

みんな、芥川の苦悩がわかっていない。

日陰者の苦悶《くもん》。

弱さ。

聖書。

生活の恐怖。

敗者の祈り。

ちなみに、芥川の本は、今もたくさん置かれていました。

織田君や、私を慕ってくれた田中英光《たなかひでみつ》君の本は、一冊もありませんでした。

2

書店を回っていますと、ある事実に気づきます。

現代において、小説の主流は、文学ではないようなのです。

『文学』と書かれた本棚には、明治の文豪や、昭和から生き残った勝利者や、平成の世に現役で書いている小説家の本がならんでいましたが、それはあくまで、書店の一角にすぎません。私だけは、別格で棚が作られていますが、ほかの小説は、元気がありませんでした。むしろ、書店で目立つのは、漫画本です。写真と見まごうほどの美麗な絵や、私の時代にもあったようなポンチ絵が、ずらりとならんでいました。およそ七十年のあいだに、漫画の底力が上がったのか。あるいは、小説に求められるものが変わったのか。それは、わかりませんが、このように、書店の風景ががらりと変わったのを見ても、心は乱れませんでした。私の本は、何百万部も売れているのです。おそれることは、なにもない。

そんな私でも、つい気になってしまうのが、漫画本とはべつに、棚の多くを占めている本でした。

やけに、きらきらとした配色の挿絵《さしえ》が、表紙いっぱいに描かれた本が、あちこちに、平積みされているのです。

その挿絵は、どれも、目の大きな少女ばかりで、『千夜一夜物語』のシェヘラザードのような服装をしていたり、女学校の制服を着ていたり、胸を強調した鎧《よろい》を着ていたり、竜にまたがったりしています。現代の文脈を知らない私には、それを見ても、どのようなことが書かれているのか、想像できません。

「あら、いらっしゃいませ！」

気持ちのいい挨拶が、聞こえました。

太宰治が、今も人気作家であることを教えてくれた書店員がいました。

私はつい、自分の正体を教えそうになりましたが、けれども、そんなことをしたら、あの子、おどろき、顔を赤らめ、逃げ出してしまうかもしれない。それは、いけない。太宰治への無心の愛を、実在の太宰治が、かえって、にごらせるようなことがあっては、罪悪。書店員にたいしては、微笑を浮かべるだけにとどめて、本の質問もしませんでした。そもそも、私は小説家なのですから、本のことは、自分で考えるべきです。

私は見慣れぬ本を検分して、どのような内容なのかさぐり、そして、おどろくべき事実に気づきました。

それらの本の多くには、『転生』という題がついているではありませんか。

転生。

もしかしたら、自分と関係があるのかもしれない。

私は、題に、『転生』と書かれた本を、かたっぱしから購入しました。

カプセルホテルにもどり、寝食も忘れて読みふけり、とんでもないことがわかりました。

なんと、日本人の一部が、死んだあとに、転生しているようなのです。

このように怪奇な現象は、私が死んだ一九四八年の段階では、考えられないことでした。

戦争中、たわむれで買った科学雑誌に、名前は忘れましたが、さる帝大教授が、『地殻から紐育《ニューヨーク》爆砕』という記事を書いていまして、無学なりに要約しますが、アメリカにむけて弾性波を撃ちこむと、人工地震を起こすことができるかもしれないという話で、むろん、その帝大教授ご自身も信じていないような空想でした。しかし、現代科学を駆使すれば、どうなのでしょうか。毛蟹の話では、日本はあれから戦争をしていないとのことでしたが、一度も攻められていないとは、聞いていません。今の日本は、他国からの科学攻撃で、地殻だの弾性波だのというものに歪みが生じ、その影響で、死者の一部が、異世界（多くの人たちが、そのような場所へ飛ばされているようでした）に転生するようになったのではないでしょうか。仮説にすぎませんが、それならば、これだけの転生者がいるのものうなずけます。

私は買いあつめた本を、数日かけて、興味深く読みました。

これらの本は、小説というには文章が単調なところから判断するに、どうやら、転生体験レポートのようでした。

それぞれの異世界に転生した人たちが、自分の体験談を書いたものらしく、ほとんどが素人文章でしたが、それでも、読者を飽《あ》きさせない試行錯誤が、いくつも組みこまれています。これだけ力を入れているのですから、転生という現象は、現代において、避けては通れぬ国難なのでしょう。私がいた時代にも、燈火管制にかんする手引書などが作られましたが、あれと、似たようなものかもしれません。今の政府が、この問題に対して、どれだけ本気で取り組んでいるのかは知りませんが、早く解決しなければ、そのうち、死者のほとんどが、異世界に転生してしまうのではないでしょうか。

私の身に降りかかったできごとは、転生本を書いた彼らとくらべれば、まだ、ましなようでした。転生先が、未来の日本で、よかった。異世界に転生して、不気味な怪物と戦うのはごめんですし、スライムなどという、洋風水菓子のようなものに転生するのは、もっとごめんです。

そして、これが一番の発見ですが、こうした文章を読めるということは、彼らがぶじに、現代へ帰ってきたということ。ならば、私も、一九四八年に帰れるかもしれない。帰りたいという気持ちが、あるかどうかはむずかしいところでしたが、帰れることがわかっただけでも、安心しました。

私は転生本を読みつづけました。読み物として、純粋に、楽しいのです。どれもこれも、読ませやがる。みんな、小説家になったらいいんじゃないかしら。自分の体験を、これほどまでに、おもしろおかしく書けるのなら、小説家として、じゅうぶん、やっていけるでしょう。

志賀直哉には、『暗夜行路《あんやこうろ》』とかいう、おおげさな題の作品がありますが、はたして、どこに暗夜があるものか。風邪をひいたり、中耳炎にかかったり、それが暗夜か。自己肯定が鼻につく、不良のハッタリじゃないか。それとくらべたら、素人たちが本気で書いた転生体験レポートのほうが、万倍もすばらしく、役にも立つ。志賀直哉は、本質的に、不良というだけ。腕力に自信があるなら、拳闘でもしていればいいじゃないか。

いっぽう、転生本には、不良へのあこがれと、羞恥《しゅうち》が、文章にこめられていました。転生することで、生前には得られなかった特殊能力（魔法とか、不死とか、そういうものが多いそうです）を獲得し、その資本を元手にして、あまり幸福ではなかったかつての人生をやり直すというのは、弱さから生み出された、正義です。真の正義とは、親分もなし、子分もなし、そうして自分自身も弱くて、どこかに収容せられてしまう姿においてのみ、みとめられます。転生した彼らは、かつての自分の弱さと、今の自分の強さを、ただしく認識していました。ちっとも、えらぶっておらず、おれが、おれが、で明け暮れたりもせず、確実なことばかり書いている。私は、彼らの、味方です。

3

転生本は、現在の私に関係していて、おもしろく読めましたが、当然、過去の本は、過去の私に関係していて、古い写真が、思いがけないところから出てきたときのように、ぞっとしました。

私ほどではありませんが、坂口安吾の本も現代に残っていまして、『堕落論《だらくろん》』という題を目にした私はつい、その本を買ってしまいました。

坂口さんの『堕落論』が、『新潮』に掲載されたのは、戦争が終わった翌年の昭和二十一年で、それは坂口さんの出世作となり、私や織田君も同時期に、妙な具合に注目されるようになりまして、私たちは戦後文壇《ぶんだん》において、一時期、ひとつの地位を築きました。私と坂口さんと織田君とで、『改造《かいぞう》』の座談会に出て、なのに織田君が遅刻したため、坂口さんと二人、泥酔するということをやりましたし（そのあと、みんなで飲み直した店が、れいの、『ルパン』です）、織田君の一周忌《いっしゅうき》にも、さみしい酒をいっしょに飲みました。

坂口さんには、仲間意識というものがありました。

軽い気持ちで購入した『堕落論』には、しかし、地獄のことばが書かれていました。

最初のうちは、坂口さんのあいかわらずの調子を楽しんだり、小林秀雄《こばやしひでお》をこき下ろすだけの話に苦笑したりと、読書の余裕がありましたが、巻末に収録された、『不良少年とキリスト』という、唯一、おぼえのない文章に遭遇して、慄然《りつぜん》としました。

それは、私の心中について書かれたものでした。

　檀一雄、来る。ふところより高価なるタバコをとりだし、貧乏するとゼイタクになる、タンマリお金があると、二十円の手巻きを買う、と呟きつつ、余《よ》に一個くれたり。

　「太宰が死にましたね。死んだから、葬式に行かなかった」

　死なない葬式が、あるもんか。

　檀は太宰と一緒に共産党の細胞とやらいう生物活動をしたことがあるのだ。そのとき太宰は、生物の親分格で、檀一雄の話によると一団中で最もマジメな党員だったそうである。

「とびこんだ場所が自分のウチの近所だから、今度はほんとに死んだと思った」

檀仙人は神示《しんじ》をたれて、又、曰《いわ》く、

「またイタズラしましたね。なにかしらイタズラするんです。死んだ日が十三日、グッドバイが十三回目、なんとか、なんとかが、十三……」

檀仙人は十三をズラリと並べた。てんで気がついていなかったから、私は呆気にとられた。仙人の眼力である。

めまいがするほどの戦慄が、背筋を駆け抜けました。

私が死んだあとの様子が、坂口さんの手によって書かれ、そこに、檀君が登場している。『不良少年とキリスト』は、さらにつづきます。

太宰の死は、誰より早く、私が知った。まだ新聞へでないうちに、新潮の記者が知らせに来たのである。それをきくと、私はただちに置手紙を残して行方をくらました。新聞、雑誌が太宰のことで襲撃すると直覚に及んだからで、太宰のことは当分語りたくないから、と来訪の記者諸氏に宛て、書き残して、家をでたのである。これがマチガイの元であった。

新聞記者は私の置手紙の日附が新聞記事よりも早いもので、怪しんだのだ。太宰の自殺が狂言で、私が二人をかくまっているると思ったのである。

私も、はじめ、生きているのじゃないか、と思った。然《しか》し、川っぷちに、ズリ落ちた跡がハッキリしていたときいたので、それでは本当に死んだと思った。ズリ落ちた跡まではイタズラできない。新聞記者は拙者《せっしゃ》に弟子入りして探偵小説を勉強しろ。

新聞記者のカンチガイが本当であったら、大いに、よかった。一年間ぐらい太宰を隠しておいて、ヒョイと生きかえらせたら、新聞記者や世の良識ある人々はカンカンに怒るかも知れないが、たまにはそんなことが有っても、いいではないか。本当の自殺よりも、狂言自殺をたくらむだけのイタズラができたら、太宰の文学はもっと傑《すぐ》れたものになったろうと私は思っている。

現実は、もっと深刻ないたずらに満ちていまして、私は未来の日本に、ひょいと転生しました。これを知ったら、坂口さんも、笑ってゆるしてくださるでしょうか。それはともかく、最後の一文が、いただけません。狂言自殺ができるようなタマなら、私の文学が、もっとすぐれたものになっていたときやがる。

友人の三田君が玉砕し、護国の神となられたとき、遺稿集を出そうという話になり、しかし、三田君の詩が、私にはわからぬこともあって、「初期のは、あんまりよくなかったようですが」と、つい言ってしまったのですが、そのとき、同席された山岸外史《やまぎしがいし》さんが、「こりゃどうも、太宰の先には死ねないね。どんなことを言われるか、わかりゃしない」と苦笑されました。まったく、そのとおりだと思いました。死人に口なし。欠席裁判。どんなことを言われるか、わかりゃしない。

太宰は、M・C、マイ・コメジアン、を自称しながら、どうしても、コメジアンになりきることが、できなかった。

晩年のものでは、――どうも、いけない。彼は「晩年」という小説を書いているもんで、こんぐらかって、いけないよ。その死に近きころの作品に於《お》いては（舌がまわらんネ）「斜陽」が最もすぐれている。然し十年前の「魚服記《ぎょふくき》」（これぞ晩年の中にあり）は、すばらしいじゃないか。これぞ、M・Cの作品です。「斜陽」も、ほぼ、M・Cだけれども、どうしてもM・Cになりきれなかったんですね。

そんなことはありません。私は小説でも人生でも、M・Cをつらぬきました。最後まで、お道化に徹《てっ》し、芝居をやりきりました。心中したからといって、それを、否定することはできないはずです。なにより、アドルムという睡眠薬を乱用し、ふらふらしていた坂口さんに、そのようなことを、言われたくはありません。

「斜陽」には、変な敬語が多すぎる。お弁当をお座敷にひろげて御持参のウイスキーをお飲みになり、といったグアイに、そうかと思うと、和田叔父《おじ》が汽車にのると上キゲンに謡をうなる、というように、いかにも貴族月並な紋切型《もんきりがた》で、作者というものは、こんなところに文学のまことの問題はないのだから平気な筈《はず》なのに、実に、フツカヨイ的に最も赤面するのが、こういうところなのである。

まったく、こんな赤面は無意味で、文学にとって、とるに足らぬことだ。ところが、志賀直哉という人物が、これを採りあげて、ヤッつける。つまり、志賀直哉なる人物が、いかに文学者ではないか、単なる文章家にすぎん、ということが、これによって明らかなのであるが、ところが、これが又、フツカヨイ的には最も急所をついたもので、太宰を赤面混乱させ、逆上させたに相違《そうい》ない。

れいの座談会で、坂口さんは私といっしょに、志賀直哉のやりくちを否定しましたが、どうやらここでは、私のやりくちを否定するようです。『不良少年とキリスト』を読み進めていくと、私が虚弱のせいで、M・Cにもなれず、二日酔いのなげきをくり返すだけだと、私が良家の出身であることを恥ずかしく、また同時に、誇りに思ってもいるのだとも書かれていました。

太宰のこういう「救われざる悲しさ」は、太宰ファンなどというものには分からない。太宰ファンは、太宰が冷然、白眼視、青くさい思想や人間どもの悪アガキを冷笑して、フツカヨイ的な自虐作用を見せるたび、カッサイしていたのである。太宰はフツカヨイ的では、ありたくないと思い、もっともそれを呪《のろ》っていた筈だ。どんなに青くさくても構わない、幼稚でもいい、よりよく生きるために、世間的な善行でもなんでも、必死に工夫して、よい人間になりたかった筈だ。

それをさせなかったものは、もろもろの彼の虚弱だ。そして彼は現世のファンに迎合し、歴史の中のM・Cにならずに、ファンだけのためのM・Cになった。

「人間失格」「グッドバイ」「十三」なんて、いやらしい、ゲッ。他人がそれをやれば、太宰は必ず、そう言う筈ではないか。

太宰が死にそこなって、生きかえったら、いずれはフツカヨイ的に赤面逆上、大混乱、苦悶のアゲク、「人間失格」「グッドバイ」自殺、イヤらしい、ゲッ、そういうものを書いたに決まっている。

痛いところを、突かれました。私は実際、死にそこなって、こうして今、みっともなく、苦悶しています。坂口さんにむかって、とどくはずがないのを知りながら、M・Cをやりきったという主張を、むなしくくり返しているのが、なによりの証拠です。

坂口さんが、この様子を見たならば、「おい太宰、それを、フツカヨイと呼ぶんだぜ。通俗と、常識があれば、一方通行の反論なんて、だれが、するものか」と言うでしょう。

それなら、それで、かまうものか。

坂口さん、座談会のつづきを、やりましょう。


　情死だなんて、大ウソだよ。魔術使いは、酒の中で、女にほれるばかり。酒の中にいるのは、当人でなくて、別の人間だ。別の人間が惚れたって、当人は、知らないよ。第一、ほんとに惚れて、死ぬなんて、ナンセンスさ。惚れたら、生きることです。

坂口さん、あなたはいつも、身もふたもない正論を、お書きになる。たしかに、情死なんて、大嘘です。田舎芝居です。私は、サッちゃんを愛してはいませんでした。私の虚弱がピークのとき、たまたま、近くにいたのが、サッちゃんだったというだけ。まことの愛は、死ではなく生をえらぶ。それはそうかもしれませんが、しかし、私のような弱虫には、愛が、こわいのです。愛に、傷つけられることもあるんです。神聖も汚濁《おだく》も丸呑みできる坂口さんには、わからないでしょう。

太宰の遺書は、体《てい》をなしていなすぎる。太宰の死にちかいころの文章が、フッカヨイ的であっても、ともかく、現世を相手のM・Cであったことは、たしかだ。もっとも、「如是我聞《にょぜがもん》」の最終回（四回目か）は、ひどい。ここにも、M・Cは、殆《ほとん》どない。あるものは、グチである。こういうものを書くことによって、彼の内々の赤面逆上は益々ひどくなり、彼の精神は消耗して、ひとり、生きぐるしく、切なかったであろうと思う。然し、彼がM・Cでなくなるほど、身近かの者からカッサイが起り、その愚かさを知りながら、ウンザリしつつ、カッサイの人々をめあてに、それに合わせて行ったらしい。その点では、彼は最後まで、M・Cではあった。彼をとりまく最もせまいサークルを相手に。

彼の遺書には、そのせまいサークル相手のM・Cすらもない。

結果的に、私の遺作となった、『如是我聞』という連載で、志賀直哉をはじめとする先輩への不満を、ついに書いたとき、自分が、やぶれかぶれになっていることは、わかっていました。M・Cでも、お道化でもない、たんなる愚痴を爆発させているだけなのも、わかっていました。遺書だって、めちゃくちゃなのは、ええ、そうです、みんな、わかっていました。それでも、やらずにはいられませんでした。私の、数少ない味方が、がっかりするのを承知で、あれらを書きました。書かずにおられませんでした。

私は、勝ちたかったのです。

生《うま》れが、どうだ、と、つまらんことばかり、云ってやがる。強迫観念である。そのアゲク、奴は、本当に、華族の子供、天皇の子供かなんかであればいい、と内々思って、そういうクダラン夢想が、奴の内々の人生であった。

太宰は親とか兄とか、先輩、長者というと、もう頭が上がらんのである。だから、それをヤッツケなければならぬ。口惜しいのである。然し、ふるいついて泣きたいぐらい、愛情をもっているのである。こういうところは、不良少年の典型的な心理であった。

彼は、四十になっても、まだ不良少年で、不良青年にも、不良老人にもなれない男であった。

不良少年は負けたくないのである。なんとかして、偉く見せたい。クビをくくって、死んでも、偉く見せたい。宮様《みやさま》か天皇の子供でありたいように、死んでも、偉く見せたい。四十になっても、太宰の内々の心理は、それだけの不良少年の心理で、そのアサハカなことを本当にやりやがったから、無茶苦茶な奴だ。

文を売るようになって、十五年。私には、権威がありませんでした。先輩たちに、まともに対応してもらえるようになるまで、さらに二十年はかかったでしょう。二十年、先輩に礼を尽くし、おとなしくして、やっと、話を聞いてくれるのでしょうが、それこそ、私の虚弱が、たえられそうにありません。

勝とうなんて、思っちゃ、いけない。勝てる筈が、ないじゃないか。誰に、何者に、勝つつもりなんだ。

わかっています。わかっていますよ坂口さん。勝つことのむなしさも、くるしみも、みんな、わかっています。それでも、人間は、いえ、男は、生きるために、戦わなくちゃならないんだ。そして、勝たなくちゃならないんだ。勝ち目がないのも、そもそも、勝ち負けなんて存在しないことがわかっていてもなお、戦って、勝たなくちゃならないんだ。

学問は限度の発見だ。私は、そのために戦う。

『不良少年とキリスト』は、この一文で終わり、私は思わず、このように叫んでしまいました。

「それみろ！　坂口さんだって、戦っているじゃないですか！」

人間は、戦うほかないんだ。

戦わずして、生きることも、死ぬことも、できやしないんだ。

4

『不良少年とキリスト』が掲載されたのは、昭和二十三年七月の『新潮』らしく、つまり、坂口さんは、私が死んだ直後に、筆をとったようでした。坂口さん、よくぞ、書いてくれました。一種の、うらみのような気持ちをこめて、感謝をもうしあげます。

いくつもの感情がないまぜになり、それはほとんど、二日酔いのような症状となってあらわれました。

『堕落論』の解説は、檀君の手によるものでした。

『だから安吾の死を、私は今でも壮烈な戦死であったと思っている。まことに、血煙《ちけむり》立っていた』と檀君は書き、巻末の年表には、『昭和三〇年（一九五五）四九歳　二月一七日、午前七時五五分、桐生の自宅にて脳出血のため永眠』とありました。坂口さんは、戦って死んだ。おそらく檀君も、戦って死んだ。

みんな死んだ。

私だけが、生きている。

ずっと死にたがっている、私だけが。

いても立ってもいられなくなり、カプセルホテルを飛び出しました。

夜になっていました。

私は夜の中を、ひとりぼっちで走ります。玉川上水は、すぐそこにありました。当時の面影《おもかげ》はなく、水は枯れ、ちろちろと、わずかに流れているだけのそれを見て、切なくなりました。ああ、玉川上水だって、戦っているんだ。

「あれ、おじさん？」

ふと声がして、顔を上げると、なんと、乃々夏がいるではありませんか。

髪を無造作にしばり、大きくふくらんだ鞄を肩にさげた乃々夏は、柵の横でうずくまっている私を、子を孕《はら》んだ猫でも見るような目で、用心ぶかく観察していました。

「ひさしぶりだね。ホテルを紹介してくれて、ありがとう。おかげで、助かった」

なんて、退屈なせりふだろうとは思いましたが、今の私に、奇抜《きばつ》なお芝居を発明する余裕は、ありません。

「おじさん、まだ三鷹にいたの？」

「行くところなんて、ないからね」

「で、なにしてんのさ、そこで」

「きみこそ、なにをしているんだい。こんな夜に、大きな鞄をもって。家出じゃないだろうね」

「これは衣装……じゃなくて、べつになんでもいいでしょ」

「そうだね。なんでもいい。きみが鞄になにを入れていようが、僕には関係がない」

「あら、ずいぶん、いじけてるね。お金、なくなっちゃった?」

「夏子さんは、どうしてるかな」

「退院したけども……あっ、それより、三鷹から、早くはなれたほうがいいよ。うちの親が、おじさんを、さがし回ってるから」

「追われることには、慣れてるさ」

「おじさん、もしかして酔ってる?」

「惚れて死ぬのは、ナンセンスかね?」

「突然なによ」

「惚れて死ぬのは、ナンセンスかね?」

「惚れたら、ふつうは、数が増えるはずだけども」

「数が増える?」

「子供ができるでしょ」

「あ、そうか。惚れて死ぬのは、ナンセンスだ。惚れたら、生きるのですね」

第八章

太宰、メイドカフェで踊る

1

七月も、半ばをすぎました。

私が転生してから、一ヵ月以上がたったわけですが、いまだに、馴染めません。いえ、世間に馴染んだことなど、転生前にだって、一度もありませんが、そうした精神の問題ではなく、実務の問題として、隔《へだ》たりを感じるのです。

はじめは、科学技術の急速な発達に、とまどっているせいではと考えました。ビルヂングには、信じられないほど大きなテレビが埋めこまれ、空を見上げると、旅客機が飛び交い、駅の改札は、なんと、無人。現代の科学力が、私の知っているそれと、あまりにも開きがあるため、都に解き放たれた猿のごとく、うまく適応できないのではと考えたのです。

しかし、それこそ、科学の目でものを見てみると、今でも切符は売っていますし、電車は運手士が運転していますし、電車を走らせる動力も、電気のままです。隔たりを感じる要因は、そこではなく、私自身にありました。

服装。

着物を着ているのは、私くらいでした。

現代では、洋装こそがスタンダードであり、おしゃれらしいのです。

私はべつに、落語家ではありませんから、転生前には、洋装で出歩くこともありました。チョッキを着て、ハンチングをかぶり、ステッキは、あれをふり回して歩くと、見識があるように見えて、いい気持ちになるのですが、私の身長は、五尺六寸五分（約１７２センチメートル）もあるので、いちいち腰をかがめて、ステッキをつかなければなりませんし、武器とかんちがいした野良犬がやってきて、さかんに吠《ほ》え立てるので、使うのをやめました。着物を好むのは、私の尺に合う洋服が、なかなか、売っていなかったからにすぎません。ですが、現代ならば、私も洋服を着ることができるでしょう。

服装が時代とずれているという事実は、私にとって、これ以上ないほどの、恐怖でした。おしゃれじゃなくても、ほめられなくてもいい。服装で、お変人の誤解を受けたくないのだ。服装で、自分の評判を落としたくないのだ。

服を買おう。

そう思いました。

夏子からいただいたお金は、まだ、残っていますし、どこで服を買えばいいのかも、ちゃんと知っています。

今や、飲み仲間となった毛蟹の語るところでは、

「これは、ずいぶん前の話だけどよ、カカアのご機嫌をとろうと思ってな、指輪でも買ってやろうと、表参道《おもてさんどう》に行ったんだ。知ってるだろ、表参道ヒルズ。なに？　知らんのか先

生。あそこは、すげえぞ。ジーパンが一本、何万円もしやがるし、どうやって着たらいいのかわからん服もたくさんあったし、あそこは、おしゃれのプロしか行っちゃいけねえな。あ、指輪？　カカアの指のサイズを聞かれてよ、んなもんわかるわけねえから、ラーメン食って帰ったぜ。がはははは！」

『おしゃれのプロ』という一言が、高級志向な私を、刺激しました。

さっそく、電車を乗り継ぎ、表参道にやってきました。

表参道といえば、神宮とその参道、あとは陸軍の練兵場《れんぺいじょう》があるだけでしたが、かなりの大都会になっていました。複雑なかたちのビルヂングが隙間なく建ちならび、そのような町には、たくさんの人々がひしめき合っています。青山通りの交差点には、神宮の燈籠がありましたが、当時の面影を残すのは、それくらい。このように、別世界といっても過言ではない表参道を歩く人々もまた、別世界の住人に見えました。服装の雰囲気が、ちがうのです。人生の目的の、ほとんどすべてを、美学にそそいだ者だけが醸《かも》し出せる、あの独特の空気が、町を闊歩《かっぽ》する人々から立ち上っていました。私は、知っています。あれこそが、おしゃれなのです。

人ごみを抜けて、表参道ヒルズにつきました。

回廊のような内部を歩きつつ、私は持ち前の審美眼をたよりに、自分が着るべき洋服を売る店をさぐります。あの店は、どうかしら。黒すぎる。あれじゃ、烏だ。あっちの店は、どうかしら。ごつごつしている。あれじゃ、おけらだ。もっと、私に似合う、私だけが着こなせる、厳粛《げんしゅく》な服が、あるはずだ。

しばらく歩いていますと、一つの店の門がまえが、私の心を、とらえました。一見すると、地味なのですが、着物の八掛のように、ひそかな派手さが、店頭から発せられています。貴族が、お遊びのときに着る衣装のような風情もあり、まことに華美である。店頭には金文字で、『Dolce & Gabbana』と書かれていました。

「うむ。ドゥルーチエェ・エーンド・ガッヴァーナアッというのか。ようし、ここがいい」

私は意気揚々《ようよう》と、店に入りました。

「いらっしゃいませ」

やってきた店員は、髪にポマードを塗りたくった男で、花柄の刺繍《ししゅう》が入ったシャツとズボンで身を固めていまして、やたらと渋い声で話しかけてきます。いやな予感がしましたが、ここで引き返すのも恥ずかしく、私は冷や汗をごまかしながら、洋服を一式、そろえてもらうことにしました。

「お客様はやせていますから、もっと、ワイルドさを出したほうがいいでしょうね」

「ふむ、ワイルドかい。ふむ」

「デニムなんかも、たとえば、こちらのように……」

「ぼろぼろじゃないか！」

「ええ、あえてダメージ加工したので」

「わかっているよ。言ってみただけさ」

「あとは、これなんか、いかがですか。ちょいワルな感じですよ」

「ちょいわる？」

「このような靴を、合わせたりするのもいいですよ」

「スリッパじゃないか！」

「スリッポンです」

「ポン？　ああ、そうだった。ポンだった」

「あとは、これも、お客様にお似合いかと思います」

「なんだか、絨毯《じゅうたん》みたいだけど」

「細身のデニムに、あえて、ダボッとした服を合わせるのが、トレンドなんですよ」

「そ、そうだね。あえてだ。この世はすべて、あえてだからね」

ナイロンプリントシャツ。ダメージデニム。スリッポンシューズ。サングラス。店員は、そのように呼んでいましたが、私の感覚で言えば、ペルシャ絨毯そっくりのシャツ。穴だらけのズボン。朱色のスリッパ。マッカーサーがかけているような色つき眼鏡でした。それはポンチの服装でしたが、現代のおしゃれを知らない自分は、この店員を信じるしかありません。私は大枚《たいまい》をはたいて、それらを買い求めました。

その場で、さっそく着替え、指示されたとおり、サングラスを頭に乗せてみますと、ちょっとだけ、元気が出ました。

2

転生してからというもの、外を歩くのが、苦痛でした。現代人の歩く速度に慣れず、道もわからなければ、そもそも、行くところもないため、歩いていても、ちっとも、楽しくないのです。しかし、おしゃれな洋服に身を固めると、気分が、かろやか。現代にやってきてから、はじめて、東京を散策したいと思いました。今の東京駅がどのような様子になっているのかが気になった私は、地下鉄に乗って、まずは大手町《おおてまち》にむかいました。車内では、みんなが、じろじろと、こちらを見ています。私のおしゃれに、感心しているのでしょう。

大手町駅に到着しました。

ですが、どれほど歩いても、駅の連結先が見当たらず、私は頓馬《とんま》な土竜《もぐら》のように、地下空間をはてしなく進み、ようやく出られたと思ったら、神田《かんだ》の付近、それも秋葉原《あきはばら》寄りのほうにいました。東京駅に近いといえば、近いですが、歩くには難儀《なんぎ》で、どうしたものかとこまっていますと、

「よろしくおねがいしまぁ〜す！」

西洋の女中のような格好をした少女が、街頭に立っていて、ビラをわたしてきました。

私はつい、おや、アジビラとはまたなつかしいなどと思いましたが、ビラではなくチラシで、『めいど☆にゃんにゃん』と書かれていました。『全国のご主人様！　ぜひ、おいでなさいませ！　秋葉原にきたら、かならず寄りたいメイドカフェです！』とあり、やはり、女中の格好をした少女たちの写真がありました。

今まで、このようなものをもらったことはありません。

それもそのはず、メイドというのは、本来、よき身分の者だけが雇える下婢《かひ》で、ふつうのご家庭にはいません。時代遅れの和服を着ていたときの私は、貧乏人に見えたのでしょう。そして、現代の洋服を着こなす私は、ちょっとした貴族に見えるのでしょう。みにくい家鴨《あひる》の子。その正体は、華麗なる白鳥。

坂口さんに、「ほらみろ太宰、おまえはやっぱり、華族の子供、天皇の子供かなんかであればいいと、他愛もない妄想をやってるじゃないか」と糾弾されたとしても、ちっとも、揺らぎません。私が自分自身を、貴族であると宣伝したわけではなく、まわりが勝手に、そう思ってしまうだけです。私の貴族性が、あふれ出してしまうだけです。

私は、チラシに書かれた地図をたよりに、メイドカフェなる店にむかいました。

「ご主人様のお帰りです。ようこそ、『めいど☆にゃんにゃん』へ〜！」

「おかえりなさいませ、ご主人様〜！」

「おかえりなさいませ、ご主人様〜！」

「おかえりなさいませ、ご主人様〜！」

扉を開けたとたん、メイドたちが妙に甘い声を発して、おでむかえをしてくれました。若干、服装にゆるさが見られますし、なぜかそろって、片腕をくるくる回していますが、教育は、行き届いているようです。

客席に案内されて気づいたのは、店内の装飾が、やたらとピンク色を使っていることと、お客のほとんどが男性で、上等とはいえない格好をしていることでした。おしゃれから遠くはなれた、あるいは、おしゃれを履きちがえた服装が多く、これが本当に貴族なのかと、最初はとまどってしまいましたが、すぐに思い直します。

彼らは、没落貴族なのです。

みな、爵位《しゃくい》をうばわれ、土地を没収され、落ちるところまで落ち、服を買う金さえなく、それでも貴族の時代を忘れられず、妻の着物を質に入れたなけなしの金をにぎって、このメイドカフェに通っているのだと思うと、涙が出そうになりました。くるしい時代なのだ。それでも、生きるために、こうして、ひそひそ、貴族の残り香を嗅《か》ぎに、いらっしゃっているのだ。追憶《ついおく》。郷愁《きょうしゅう》。ごっこ遊び。だとしても、私は彼らを、軽蔑しません。

せつない涙をこらえていますと、若い一人のメイドが、純白のエプロンを揺らしながら、こちらにやってきました。

「おかえりなさいませご主人様〜！　それではさっそく、自己紹介をさせていただきます。み〜んなを笑顔に、してあげり〜なっ！　本日、ご主人様のご案内をさせていただく、わたくし、ふわりともうしま〜す。よろしくおねがいしま〜す！」

メイドはやはり、片腕をくるくる回しました。

メニューに目を通すと、『りゅんりゅん♪はっぴ〜おむらいす』『あちゅあちゅホットみるく』『まぜまぜもえもえナポリたん』『ぽえみ〜◇サンドイッチ』『ずっきゅん☆きらきらあらも〜ど』などと、まるで、悪魔のお経のような文字がならび、頭に置いたサングラスが、ずり落ちそうになります。私は解読をあきらめて、メニューを閉じました。

「きみ、この店で、一番高級なものは、なにかね。贅沢が、したいんだ」

「はぁ〜い。それでは、セットメニューを、おすすめさせていただきま〜す！　当店では、ドリンクセット、フードセット、フルセット、プレミアムセット、プレミアム貴族セットというものを、ご用意させていただいておりまして……」

「ともかく、一番、高級なやつを。うんと、高いやつがいいな。内容は、きみにまかせるから」

「かしこまりました〜。ですが、ご主人様、メニューを見なくても、よろしいのですか？」

「貴族は、エゴイストだからね。自分の格好のためにのみ、命を賭けるのさ」

すっかり、その気になっていました。

3

「ご主人様、おまたせしました～。プレミアム貴族セットでございま～す！」

テーブルには、よくわからない液体と、旗の刺さったプリンと、皿からはみ出しそうなオムライスが置かれました。貴族の食事にしては、いささか、質素でしたが、それもそのはずで、ここは、没落貴族たちの憩《いこ》いの場なのですから、これくらいの内容が、現実的な相場なのでしょう。

「それでは、さっそく、お絵描きさせていただきま～す！」

担当のメイドは、ケチャップ瓶をあやつり、オムライスに、『萌』と書きました。新興成金の私は知りませんでしたが、これは、貴族のあいだに脈々と受け継がれた、慰みなのでしょう。『萌』という漢字は、古典のころから、『若草萌ゆる』とか、『萌え出づる』とかいうように、草木が芽吹く様子を表現するときに使われます。貴族たちは、いつの時代も、このことばによって、はげまされてきたのです。この店のメイドたちは、本当のプロフェッショナルで、没落貴族を応援し、栄華《えいが》の時代を思い出させようと、身を粉《こ》にして、お仕事をしているのです。すばらしい、心尽くしです。

「完成でございま～す」

「うむ、ありがとう」

「ご主人様、これだけでも、とぉ～ってもおいしいのですが、もっともっと、おいしくなる魔法をかけても、よろしいですか？」

「ま、魔法？　よくわからんが、たのもうかな」

「かしこまりました～！」

メイドは、こんどは両腕を回して、二つの手でハートのかたちをこしらえると、「おいしくな～れ。まじかるまじかり～なっ！」と、甲高《かんだか》い声で叫びました。むろん、これだけで、味が変わるはずもありませんが、しかし、どうでしょう。メイドの魔法により、食卓には、黄金の花が咲き乱れました。私はそれを、たしかに見たのです。

私は感激のあまり、メイドの手をとらんばかりのいきおいで、

「きみ、本当に、ありがとう！　この僕に、もう少しお金があれば、きみを、専属の女給にしてあげたいところだ。故郷の親族のもとにあずけてもいい！」

「それでは、ご主人様、ごゆっくり、お召し上がりくださいませ～！」

メイドは、うやうやしく一礼して、その場を去りました。

オムライスを食べていると、店内が、あわただしくなってきました。店の奥には舞台があり、メイドたちが次々と、そこに上がっていくではありませんか。お客たちも、ぞろぞ

うか。
ろと、舞台の前に移動しました。店内の明かりが暗くなります。なにがはじまるのでしょ

やがて、舞台の照明がつき、メイドの一人が前に出ました。

「みなさま、本日は、『めいど☆にゃんにゃん』にお越しくださいまして、まことにありがとうございま〜す！　みなさまお待ちかね、ステージタイムのはじまりで〜す！　ここからは、わたくしたちメイドが、音楽で、ご奉仕させていただきたいと思いま〜す！　ではまずは、この曲から。『メイドの土産は恋煩《こいわずら》い♪』で〜すっ！」

どこからともなく音楽が流れ、舞台上のメイドたちが、華麗な歌と踊りを披露しました。

それは、このようなものでした。

炊事洗濯　いとをかし
あなたのために　粉・骨・砕・身！
恋の花咲く　この季節
お茶目な粗相は　チャームポイント
癒やされるよりも　癒やしたい

都内全域　お掃除いたしま〜す！
I will be your perfect maid
This is a pen Maid in Japan

二十四時間　おもてなし
笑顔の裏も　笑顔なの

（間奏）

炊事洗濯　いみじくも
あなたのために　東・奔・西・走！

配達帰りの　雨の夜
横断歩道の　人影に

コトバじゃ言えない　このココロ

世界全体　ご奉仕いたしま〜す！

I will be your perfect maid
This is a pen Maid in Japan
エブリシング　完璧です
笑顔の裏も　笑顔なの
I will be your perfect maid
This is a pen Maid in Japan
メイドの土産は　恋煩い
すべて捧げます　あなただけ

メイドの歌謡に呼応するように、没落貴族たちが声を張り上げ、いつのまに取り出したのか、色とりどりの懐中電灯をふり回し、ともに踊っています。気づけば、それを見た私もまた、席から飛び出して、彼らに交ざり、踊っていました。夢中でした。こんなにも、からだを動かしたのは、いつ以来でしょう。踊りという、きわめて原始的な行為に没入することで、わけのわからぬ高揚感に満たされ、なにも、考えられなくなります。私は、このときはじめて、ドイツ国民の心理を理解しました。ヒットラーの演説を聞いた彼らも、ちょうど、このような状態だったのでしょう。

舞台では、天女《てんにょ》の舞がくり返され、お客たちは、喝采《かっさい》の声を上げています。彼らの必死を見て、泣きそうになりました。ああ、かわいそうな貴族たちよ。快楽のイムポテンツたちよ。貴族という自分の影法師《かげぼうし》から逃れたくて、だけど同時にすがりつきたくて、このような場所で、一時の安らぎを得ようとしているのか。飲もう。いや、踊ろう。私たちは、同志だ！

「ご主人様のおかえりです〜。気をつけて、いってらっしゃいませ〜！」

「いってらっしゃいませご主人様〜！」

「いってらっしゃいませご主人様〜！」

「いってらっしゃいませご主人様〜！」

メイドたちに見送られた私は、深い満足の中で、メイドカフェを出ました。

お金が、ずいぶん、なくなりましたが、気になりませんでした。

夢心地で外を歩く私の前に、突如、巨大な建物が現れます。これが現代の東京駅かと思いましたが、どうもそうではなく、帝国ホテルと書かれていました。火災、関東大震災、空襲という荒波を生きのびた帝国ホテルは、和とも洋ともつかぬ、特徴的な建造物でしたが、戦後はＧＨＱに接収され、それから、この七十年のあいだに、大工事をほどこされたらしく、一般的なビルヂングに変えられていました。現代というのは、私をおどろかせるものばかりだと思っていましたが、中には、劣化したものもあるようです。

そのような、つまらない建物に、背広姿の男たちが、次々と吸いこまれていくのが見えました。そろって、変に猫背で、ひとくせある、ひねこびた顔つきをしています。彼らの雰囲気には、見覚えがありました。さらには、いやな感覚。メイドたちによって癒やされた心が、たちまち、冷めていくのを感じます。

男たちを追うと、帝国ホテルの表門にたどりつきました。

立てかけられた看板には、『第１５７回　芥川賞・直木賞　受賞発表会見場』と書かれているではありませんか。

芥川賞！

げぼが出そうです。

第九章

太宰、芥川賞のパーティでつまみ出される

1

私はかつて、その賞の候補になったことがありました。

昭和十年、菊池寛《きくちかん》さんが創設された芥川龍之介賞の、記念すべき第一回に、『逆行』が、候補作として選ばれたのは、私が、二十六歳のときです。芥川のことは、だれよりも理解していますし、選考員の一人である佐藤春夫《さとうはるお》先生が、私を高く評価してくださっていたこともあり、てっきり、受賞すると思いこみ、賞金五百円の使いみちを、じつはひそかに計画していたのですが、結果は、落選。選評を読んでみますと、佐藤先生は、支離滅裂《しりめつれつ》なことをおっしゃっていますし、川端康成にいたっては、『私見によれば、作者目下の生活に厭《いや》な雲ありて、才能の素直に発せざる憾《うら》みあった』などとさわぐ始末。

かっとなりました。

刺す。

私は、この年の春、帝大の落第が決まり、郷里からの送金も打ち切られることになり、みんな、いやになって、自殺しようとして、鎌倉《かまくら》に失踪し、井伏さんや檀君、郷里の兄にも迷惑をかけ、あげく、死にきれず、とぼとぼ、東京にもどってきました。そして皮肉にも、帰京直後、腹膜炎にかかって死にかけ、このときに使ったパビナールという鎮痛剤の味が、忘れられなくなりました。

いけない薬を買うために、あちこち、あちこち、借金をかさね、川端は、このあたりのことを、『厭な雲』と評しているのでしょうが、お天気予報とは、笑わせる。作者の私生活が、芥川賞と、なんの関係があるのか。私が悪党ならば、落選させ、私が善人ならば、受賞させるのか。そのようなものさしをふり回す先輩作家こそ、大悪党ではないか。哀れな川端、小鳥を飼い、舞踏を見るのが、そんなにりっぱな生活か。

落選したあと、このような怒りをこめて書いた、『川端康成へ』という私のエセーは論議を呼び、いっぽうの川端、しょせんは通俗作家、『厭な雲うんぬんは取り消す』などと書いて逃走し、第一戦は終わりました。

そう、第一戦。

まだまだ、つづきますよ。

私は、薬の中毒にくるしみながらも、第二回芥川賞へむけた小説を書き、『ダス・ゲマイネ』という、なかなか、骨のある一作を完成させました。

今から思えば、薬による錯乱なのでしょうが、

『芥川賞は、この一年、私を引きずり廻《まわ》し、私の生活のほとんど全部を覆ってしまいました』

『こんどの芥川賞も私のまえを素通りするようでございましたなら、私は再び五里霧中《ごりむちゅう》に

さまよわなければなりません。佐藤さん、私を忘れないで下さい。私を見殺しにしないで下さい。いまは、いのちをおまかせ申しあげます。私は、きっと、よい作家になれます』

『第二回の芥川賞は、私に下さいまするよう、伏して懇願申しあげます。私は、きっと、よい作家になれます』

などと書いた、十四尺（約4・2メートル）にもおよぶ書簡を、佐藤先生に送りつけ、心配された佐藤先生のはからいで、一時期、病院に入ったりもしました。肉体的にも、金銭的にも、疲れきっていました。次こそ、芥川賞をいただかなければ、本当に死ぬだろうと思いました。

しかし、第二回芥川賞は、なんと、該当作なし。

二・二六事件とかさなり、選考会ができなかったというのです。

ふざけるな！　まじめにやれ！　直木賞は、選考会を開いたのに！

第三戦。

明けて昭和十一年、遺書のつもりで書いた処女小説集、『晩年』が、ようやく刊行され、それは会心の作でして、三度目の正直と思い、ご機嫌をとるため、川端にも、『晩年』を送ると、あの通俗作家、返礼なぞよこしやがるものですから、返信ついでに、次回の芥川賞はぜひこの太宰にと、長い書簡を送りつけてやりました。もちろん、佐藤先生にも送りました。なんども、なんども、送りました。薬のせいではなく、私の意思であり、情熱でした。情熱とは、相手の立場を無視することなのです。

その結果、『すでに新人に非《あら》ず』という理由で、はじかれました。

芥川の苦悩を、だれよりも知る私が、賞金五百円を、だれよりも欲する私が、候補にすらならなかった。

だから、壊れちゃった。

落選を知った私は、そのとき執筆中だった、『創生記』なる小説に、あらたな文章を書きくわえます。

　けさ、新聞にて、マラソン優勝と、芥川賞と、二つの記事、読んで、涙が出ました。孫《そん》という人の白い歯出して力んでいる顔を見て、この人の努力が、そのまま、肉体的にわかりました。それから、芥川賞の記事を読んで、これに就《つ》いても、ながいこと考えましたが、なんだか、はっきりせず、病床、腹這いのまま、一文、したためます。

　先日、佐藤先生よりハナシガアルからスグコイという電報がございましたので、お伺い申しますと、お前の「晩年」という短篇集をみんなが芥川賞に推していて、私は照れくさく小田《おだ》君など長い辛棒《しんぼう》の精進《しょうじん》に報いるのも悪くないと思ったので、一応おことわりして置いたが、お前ほしいか、というお話であった。私は、五、六分、考えてから、返事した。話に出たのなら、先生、不自然の恰好《かっこう》でなかったら、もらって下さい。この一年間、私は芥川賞のために、人に知られぬ被害を受けて居ります。原稿かいて、雑誌社へ持って行っても、みんな、芥川賞もらってからのほうが、市価数倍せむことを胸算《きょうさん》して、二ヶ月、三ヶ月、日和見《ひよりみ》、そのうちに芥川賞素通しして、拙稿返送という憂目《うきめ》、再三ならずございました。記者諸君。芥川賞と言えば、必ず、私を思い浮べ、または、逆に、太宰と言えば、必ず、芥川賞を思い浮べる様子にて、悲惨のこと、再三ならずございました。これは私よりも、家人のほうがよく知って居ります。川端氏も私のこととなると、言葉のままに受けずに裏あるかの如く用心深くなってしまう様子で、私にはなんの匕首《あいくち》もなく、かの人のパッション疑わず、遠くから微笑みかけているのに、かなしく思うことございます。お気になさらず、もらって下さい、とお願いして、先生も、よし、それでは、不自然でなかったら言ってみます、ほかの多数の人からずいぶん強く推されて居るのだから、不自然のこともなかろう、との御言葉いただき、帰途、感慨、胸にあふれるものございました。

楽屋話を、暴露してやったのです。

といっても、本当に、このようなできごとがあったわけではありません。文中に書かれている会話は、私の創作です。ではなぜ、そのような作品を発表したのかといえば、壊れちゃったから。

その年の十月、薬の中毒と、頭のぐあいを治療するため、私は、脳病院に強制入院させられました。

幸い、どちらも完治しましたが、人権を剝奪されたことで負った心の深手と、井伏さんや佐藤先生が私をだまして入院させたことへの人間不信は、いつまでも残り、しかも、入院しているあいだに、私の最初の妻は、ほかの男と、いや、言うまい。なにも、言うまい。それでも、蛇足と知りながらも一つ。すべてを知った私は服毒自殺して、しくじり、最初の妻と別れました。

これが、のちに、『芥川賞事件』と呼ばれるようになった、私と芥川賞との因縁です。

芥川賞は、鬼門。

しかし私は、こういうときに、かえって相手に立ちむかう性癖《せいへき》ですから、帝国ホテルのロビーに突進しました。

2

会場に入ろうとしたところで、受付の女性に呼びとめられました。

よっぽど、「僕は太宰ですが！」と叫んでやろうかと思いましたが、ぐっとこらえ、

「やあ、こんばんは。招待状？　その、あいにく、愚妻《ぐさい》が紛失してしまって」

「それでは、こちらに、ご記帳を……」

まずい。私は、さっとあたりを見回して、亀のような男を見つけ、

「おや、おい、そこのきみ、田中《たなか》君じゃないかね？　田所《たどころ》君かな？　ほら、『新小説』の。あれを、読みましたよ。石川《いしかわ》君は、がんばっていますね。さすが、芥川賞をいただいただけのことはあるよ。家庭的だね。でも、げすな言いかたになるけど、妻子がかわいいだけじゃねえか。妻子なんて、筋子《すじこ》や納豆と大差ないよ。おっと、今のは、失言でした。最近は、やはり、あれですな。転生が、流行っておりますな。猫も杓子《しゃくし》も、転生だ。知ってるかい？　温泉や、パンツに、転生した男がいるそうだよ。たしか、三島も、転生したそうじゃないか。『豊饒《ほうじょう》の海』だっけ？　題が、泣かせやがる」

しかし、亀のような男は、いぶかしそうに私を一瞥し、そのまま、会場に消えていきました。

不信をつのらせた受付が、ふたたび、私を呼びとめます。

「あの、すみません、どなたか、存じ上げませんが、ご記帳を……」

「存じ上げないだと？　僕を、知らないのか。僕に、名前を書かせるつもりか！」

えらい先生を気取ってみせると、

「し、失礼いたしました。どうぞ中へ」

こうして私は、会場に入ることができました。

扉の奥には、異様な世界が広がっていました。

日独伊三国同盟の祝賀会が開かれたのも、帝国ホテルだったはずですが、まさにそのような、奇怪かつ巨大なおままごとが、そこではおこなわれていました。クラシックが流れる、広大な会場には、料理や水菓子が山と積まれ、銀座から連れてきたのか、割烹着姿の板前が、むずかしい顔をして、寿司をにぎっています。そのような中を、着飾った小説家と、着慣れぬ背広に身を固めた編集者が、ひそひそ、ひそひそ、お公家《くげ》みたいに会話しているのですから、あきれるほど、滑稽《こっけい》でした。幸福クラブ。ご結構のサロン。紳士淑女《しゅくじょ》の、いやらしい社交場。時代錯誤。いや、そうではない。この時代にも、存在しているのだ。

文壇。

私をいじめる場所。

トレイを手にしたボーイがやってきたので、私は葡萄《ぶどう》酒の入ったグラスをひったくり、ぐびと一飲みしました。げえっ。葡萄酒なんて、つまらない。島崎藤村みたいな、詩人上がりじゃないんだ。コップ酒を、よこしやがれ。

あちこちから、声がします。心が閉じていくのを感じながら、泥棒のような目で、あたりを見回すと、大家とおぼしき老人が、若い編集女史にかこまれて、へらへら笑いを浮かべながら、お説教をしていました。

「芸術の制作衝動と、日常の生活意欲とを、すっかり一致させるのは、なかなか、まれなことだと思うね。わたしはね、それを、長いこと、やってのけているという、自負があるよ。それにくらべて、最近の若い連中は、だめだね」

だってさ。それは、私の、『花燭《かしょく》』からの引用じゃないか。ちっとも、おまえの、独自じゃないよ。しかもあれは、皮肉の文章だというのに、無学なる老作家、それも知らずに、自慢顔。まわりの編集女史も、お調子合わせて、賞賛の嵐。

私の時代にも、あのような輩《やから》は多くいました。

志賀直哉や川端康成といった、いわゆる、先輩というやつです。

先輩の、「あれは、だめだね」という一言には、おそるべきかな、勅語《ちょくご》のごとき効果がありました。彼らは、だらしない生活をしていますが、世の中の信用を得るのが、やけに、お得意。彼らは、世の中の信頼を利用して、ぶくぶく肥えていくのです。年功序列という制度がある以上、私たちは、永遠に、彼らよりも、だめなのです。私たちの、せいいっぱいの作品も、彼らの作品にくらべて、読まれたものではないとの烙印《らくいん》を押されるのです。彼らは、世の中の信頼に便乗し、「あれは、だめだね」と言い、世の中の人たちも、ああやっぱりそうかと合点《がてん》し、先輩たちが、その気になれば、私たちを、つぶすことさえできるのです。

奴隷根性。

彼らは、奴隷根性に、もたれかかっている！

しかし、その顔をよくよく見れば、なんのことはない、植木屋の親父。そんな連中が、国語の乱脈をなげいているのだから、いい気なものです。国語の乱脈は、国の乱脈からはじまっているのに、目をふさいでいやがる。あの人たちは、大戦中、ちっとも、たよりにならなかった。私は、あのとき、彼らの正体を、たしかに目撃した！

また、あちこちから、声がします。こんどは、若い小説家たちが、ひそひそ、だけど、自分の存在を、さりげなく誇示するようなずるい調子で、会話していました。

「今月の『文學界《ぶんがくかい》』に載ってた新作、読みましたよ。あれはね、とっても、いいですね。うん、うん。新しいですね」

「そちらこそ、あの連載、おもしろいじゃないですか。すばらしい、挑発だ。つづきは、どうなるんです？」

「そういえば、書評の依頼がきたんだけど、ひどい本でね、閉口したな。ところで、そのローストビーフ、うまそうですね。ちぇっ、もう、切れていやがる」

「今回は、パーティの仕切りが、いまいちですよね。最近の文春は、浮ついちゃって、どうもいけない。新潮社なら、もっとうまくやりますよ。あはは！」

太宰治が、文壇の中心にやってきたというのに、だれも、気づいてくれません。どいつも、こいつも、せせこましい徒党《ととう》を組んで、そんなことに、なんの意味があるのでしょう。

孤独の恐怖にむかい合わずして、よい作品が、書けるはずもないのに。私は一人で、彼らを観察しながら、酒をがぶがぶ飲みました。たちまち、酔いが回り、暗いお便所の中で、ぼうっと立ち尽くしているような気分になりました。ああ、やっぱり、こなければよかった。なんとか、立ち直ろうとして、明るい話題をさがしましたが、盗み聞きしたところでは、朝井《あさい》リョウだの、中村文則《なかむらふみのり》だのといった、今をときめく若手人気作家が、会場内にいるとかいないとかの話ですが、六百万部も売れた経験がないような連中が、人気作家とは、苦笑しましょうか？

いかん。

マイ・コメディアンでは、なくなっている。

芥川賞への鬱屈《うっくつ》と、文壇への怒りが、おさまりません。

しかし、それは、しかたのないことなのです。会場内では、ひしがれた文化猿たちが、当時と変わらぬ談笑をくり返し、文壇がなにも変わっていないことを、私に見せつけてくるのですから。

はっきり、言いましょうか。

私は彼らに、殺されました。

志賀直哉。川端康成。井伏さんや、佐藤先生だって、おなじ穴の狢《むじな》。声が大きいだけの、先輩諸氏。ほかにも、名前は忘れましたが、大学勤めの馬鹿先生。語学教師。文学に寄生する、エセ評論家。私は、彼らにいじめられ、つぶされました。小説だけ、書いていればいいのに、翻訳だけ、していればいいのに、どうして、なにも知らないのに、あれこれ、もっともらしいことを言って、攻撃するのでしょうか。家庭円満、妻子とともに、おしるこ万歳と叫んでおれば、いいじゃないか。ボオドレエルの紹介文をしたためるのも、原文で読まなければ味がわからぬと言って、自身の名訳を売るという矛盾も、私は、一度たりとも、糾弾したことがないのに、どうして、私をいじめるのでしょうか。

それは彼らが、政治家だから。

政治家たちが、がっちり、徒党を組んでいる。

それが、文壇。

私を壊し、私を殺した、文壇。

文壇は、弱者を攻撃することでしか、生きられないのです。

かなしき習性。ウロボロスの尻尾。いつか自分を、食らい尽くす。

先輩作家に礼を尽くし、おとなしく生きていれば、私も、権威ある老作家になっていたでしょう。しかし、権威？　ふざけるな！　そんなもの、こちらから願い下げだ！　一気に酒をあおると、ぶちぶちと、頭の血管が切れる音が、聞こえました。

気づけば私は、空になったグラスをかかげながら、なにごとかを叫んでいました。

3

「紳士、ならびに、淑女諸君！　私もまた、文壇の繁栄を、もっともよろこぶ者の一人でございます！　わが名は、せまき門の番卒《ばんそつ》、困難の王、安易の敵、仏間の奥隅、白き布切れの下、鼻孔《びこう》には綿、おっと、これは失礼しました。文壇のハレの日に、かかる不吉の物語、あやまります。あやまります。

さて、こうして、半年に一度、つまらぬホテルにつどい、新人に、芥川賞をあたえるという、殿様気取りのこの文化。私、ご一同にかわり、あらためて主催者側へお礼をもうし、国に波乱があろうとも、休みなく開かれますよう、一心に希望しております。

私、かつては、十分くらいで読み切れるような、そうして、読後十分くらいで、綺麗さっぱり忘れられてしまうような、あっさりした短編小説、書かせていただき、年収、二百四十円！　最初のころは、六十円！　当時の生活はくるしく、酸鼻《さんび》をきわめ、やや、失言でございました。取り消させていただきます。めでたい席で、陰惨酷烈《こくれつ》な生活断面を、ちらとでもお目にかけたとあっては、重大の問題。ゆゆしき責任を感じます。

というわけで、端折《はしょ》りまして、題は、小説家の友情について！

三年前、私は、中村地平《なかむらちへい》という男と、のべつまくなしに議論して、半年ほど、むだにしたことがございます。

そのころ、彼は、二、三の創作を発表し、地平さん、地平さん、と呼ばれて、大いに、幸せでした。私と地平は、井伏先生をお師匠とし、小山祐士《こやまゆうし》とともに、井伏門下の三羽烏《さんばがらす》と呼ばれておりましたが、いやはや、地平とは仲が悪く、プウシキンの怪談趣味について、ドオデエの通俗性について、とある女流作家の身の上について、どれも意見が左右にわかれ、「めしを五杯も食べて見苦しい」だの、「いやいや、そういうきみの上品ぶりの古陋頑《ころうがん》迷《めい》こそ見苦しい」だの、しまいには、たがいの本を、罵倒する始末。地平は、帝大生で、成金の子供で、私とは、似た者同士。折り合う道理は、ありませぬ。

あるとき地平、縞《しま》の派手な春服を新調して、部屋の中で、一度、着せて見せて、すぐさま失態に気づき、そそくさと脱ぎ捨て、つんと、おすまししていたが、本当は、この服を、死ぬほど着て歩きたく、けれども、そうしないのには、理由がありました。先輩たちに、すまないというのです。私は、それについても、「芸術家は、いつでも、堂々としているべきだ。鼠のように、逃げ口ばかりさがしていては、将来の大成がむずかしいよ」など、ああ、そのころは、おたがい、幸せだった！

三年たって、私は、その先輩たちに、殺されかけ、芥川賞にも、殺されかけ、毒をば食らって、死にぞこない、そんな私のために、井伏鱒二氏、檀一雄氏、それに、絶交状態だった地平もくわえて三人、上京してきた私の実兄に、もう一年、お金をくださいと、たのんでくれました。

その日、地平は、実兄の宿へ行く途中、私の家へ立ち寄って、私の就職のことで、ええ、そうですよ。私だって、就職しようと思ったんだ！　新聞社に、入ろうと思ったんだ！　それで、井伏さんたちを追って荻窪へ、私も駅まで見送り、二人ならんで、歩いたのですが、このとき地平、縞の模様のみごとな春服を、着てくれました。私は、泣きそうになり、涙を見せたくなくて、そのうち両肩がびくついて、なにも見えなくなりました。

その後、私の生活が、またもや、こまり、二、三の人に迷惑かけた、そんなある夜、ちょっとした会合の席上、地平と思いがけなく顔を合せ、おたがい、少し弱って、不自然でした。私は当時、バット一本、ビイル一滴の飲めぬからだになってしまって、さびしいところの、話ではなく、地平はお酒を飲んで、泣いておりました。

そんな地平も、私が落ちた都新聞に入社して、『土竜どんもぽっくり』が、芥川賞候補になりました。

翌年の、『南方郵信』では、二度目の芥川賞候補になりました。

ほかにも、候補になった気がしますが、どれも、これも、落ちました。

佐藤春夫いわく、『中村君の才能を知る自分として存分に力量を発揮したものとも思えなかったので、これを推す気がなかった』だの、丹羽《にわ》文雄《ふみお》いわく、『病気上りのせいか、気力にとぼしい。身辺雑記』だの、まるで悪魔！

先輩が、そんなに、えらいのか。

教えてあげましょう。

芥川賞とは、悪魔の食卓である！

若い小説家を、はげますふりして、そのじつ、老作家たちによる、暴飲暴食。胃もたれは、しないのかね。鉄の胃かい。いやしんぼ。

おまえたちは、地平が、どんな気持ちで、縞の派手な春服を隠していたのか、おわかりか。たしかに、地平の作品は、なっちゃいないよ。それでも、あんなことを言う権利が、どこにあるのか。人と人とのあいだに、そんなにひどい差別は、ないはずだ。自分だけがえらくて、あれはだめ、これもだめ、なにもかも気に入らぬというのが、文豪の仕事か！いやらしい老作家、おまえたちのほうこそ、だめ！だめだめ！若い小説家に、ワンと言わせるひまがあるなら、六百万部売ってみろ！

若い小説家も、だらしがない。

雛壇《ひなだん》を、くつがえす勇気がないのか。きみたちにとって、おいしくもないものは、きっぱり、拒否してもいいのではあるまいか。私は、べつに、新しいものを無条件に信奉《しんぽう》する気はないが、けれども、この雛壇のままでは、自殺するほかにないのだ。ポカンとしていやがる。これだけ言っても、わからんか。信頼が、裏切られているんだぞ！くるしみが、すぐ、そこまで、きているんだぞ！

おべっか使うな！　大いにやれ！　かねがね、癪にさわっていたんだろう？　やつらから、選考委員という金バッヂをとったら、なにも、残らない。耄碌《もうろく》じいさん、おそるるに足らず。なのに萎縮して、「へえ、ナニナニ先生のおっしゃることは、もっともでやんす」と頭《こうべ》をたれ、その裏で、「やれやれ、ナニナニ先生の旦那芸は、見てるほうで、かえって、照れるよ」と舌を出して、あさましいよ。

それとも、こわいか。

先輩たちは、残忍だからね。

若い小説家が、たった一人で、山を登っている。先輩たちは、山の上にせいぞろいして、煙草をふかしながら、下界を見下ろし、そうして、若い小説家が少し登りかけると、無雑作に、足もとの石ころを、一つ、蹴落とす。たまったものではない。ぎゃっという悲鳴とともに、若い小説家は落下する。山の上の先輩たちは、どっと笑い、いや、笑うのはまだいいほうで、蹴落として知らぬふりして、麻雀《マージャン》の卓をかこんだりなどしている。

謀叛《むほん》という、ことばがある。

しかし、外国には、それとぴったり合うようなことばは、見当たらない。「ご謀叛でござる。ご謀叛でござる」などとさわぐのは、日本だけであって、そうして、いわゆる官軍は、いわゆる賊軍を、「すべて烏合《うごう》の衆なるぞ」と、笑いものにする。

謀叛は、もっとも、はなはだしきもの。賊軍は、もっとも、けがらわしいもの。私たちは、このように教育されてきたが、考えてみると、これこそまさに陰惨な、封建思想の露出ではないか！

古来から、負けるに決まっていると思われていた謀叛人が、かならずしも、こんどは負けないところに、民主革命の意義が存在するのではあるまいか！

戦争に負けたとたん、だれもが、自由だの民主主義だのと叫んでいて、あんなものは、ただの便乗主義で、僕は乗るつもりはないが、個人的には、僕は、民主主義の本質を、『人間は人間に服従しない』と、『人間は人間を征服できない。家来にすることができない』と考えている。

文壇という舞台は、いつまで、『桃太郎』をくり返すのか。

まだ、わからないのなら、もう一度だけ、地平の話をしよう。必死に文学を書きつづけた地平が、最終的に、どのような役をいただけたのか、ごぞんじか。あいつは結局、桃太郎になれず、桃太郎の家来にもなれなかった。地平にあたえられた配役は、食べられなかったきびだんごの一粒だ！　おまえたちも、そんなむなしき一粒に、なりたいのか！　いいかげん、目を覚ませ！　出版社の資金で、お寿司をもりもり食べながら、文句を言っている場合じゃないんだぞ！

も少し、がんばれ。

も少し、生きろ。

書きつづけろ。僕に言われて、恥ずかしくないのか。おい、なんだ。はなせ。なに？　警察を呼ぶだと？　特高《とっこう》におびえて、国策小説ばかり書いていたくせに、なにを今さら！　こら、はなせ。静粛に！　暴力反対！　おまえたち全員のために、こうして演説しているのが、わからんか。いつまで、サロン遊びを、つづける気だ。僕は、僕だけは、だまされないぞ。古い連中め。こらしめてやる。薄化粧したスポーツマン。弱い者いじめ。茶坊主。六大学リーグ戦。お前たちを、ゆるさないぞ。復讐だ！」

つまみ出されました。

第十章
太宰、インターネットと出会う

I

勝ったはずです。

歴史に残り、今もなお売れつづけている私は、太宰治は、勝ったはずです。

ではなぜ、「復讐だ！」などと叫んだのでしょう。

汝らおのれを愛するがごとく、汝の隣人を愛せよ。

私は、先輩を、そして文壇を、愛そうと努力しましたし、愛されたいとも思っていました。愛されたい。ただそれだけを切《せつ》に願い、けんめいに尽くしてきました。ふり回されても、嘲笑を浴びせられても、いじわるくこき使われても、みとめられなくても、けっして愛と恩を忘れず、一心不乱にはたらきました。

だけど、ついに、堪忍袋《かんにんぶくろ》の緒《お》が切れた。がまんの限界。ほとほと、愛想が尽きました。

怒るときに怒らなければ、人間の甲斐がありません。現代になっても、先輩は、先輩のまま。文壇は、文壇のまま。なんにも、変わっちゃいません。進歩がない。知るものか。どいつも、こいつも、だらしがない。いっそ、憎む。生かしておけねえ。

ユダの気持ち。

イスカリオテのユダは、主であるイエスを、銀貨三十枚で売りました。それは、イエスから愛されていないと思ったユダの、必死な愛情表現でした。

復讐とは、愛されなかった人間がおこなう求愛です。

ならば、私が発した、「復讐だ！」ということばは、どすぐろい怒りから発したものではなく、求愛を、起源としたもの。ユダの魂、われにあり。銀三十、おおいにけっこう。へっへ。あいつらみんな、気取り屋の坊ちゃんだ。だらしがないね。ヤキが回ったんだよ。これ以上、ボロが出ないうちに、私の手で、殺してあげる。志賀直哉なら、ここぞとばかりに、『お殺し』と言うでしょう。

酔いと涙をこらえて、電車を乗り継ぎ、やっとのことで三鷹にもどると、カプセルホテルの前に、乃々夏が立っていました。

私はそれを、意外な光景としてとらえました。乃々夏が、こんなところにいる理屈がわからず、私はせめて、泥酔を隠して、まっすぐ歩く努力をこころみました。暗がりの中で私を待ち受ける乃々夏は、貧しいマリヤのように見えました。

「あっ！」

乃々夏は私を見つけると、大きな声で叫び、

「ねえちょっと！　芥川賞のパーティであばれてたのって、おじさん？　ツイッターで回ってきたの。トレンド入りしてるよ！」

「僕は、この七十年、ずっと、トレンドだ！」

「なにを、わけわからないことを言ってるのさ。っていうか……その格好、どうしたの？」

「表参道ヒルズで、買ったんだぞ。まさに、トレンドというものだ。きみは、ドゥルーチエェ・エーンド・ガッヴァーナアッを知らないのかね」

「まあ、それはともかく、やっぱりあれ、おじさんなんだね。ウケる。おおあばれして、警察がきたって話じゃないの。朝井リョウも、ツイートしてたよ」

「あばれているのは、古老たちだ！　政治談義を、見せつけられたよ。それに、だれも……だれも、僕の演説を、聞いてくれなかった」

「ふーん。三島由紀夫《みしまゆきお》みたいだね」

「三島だって？　あんなやつが、演説したのか！」

「有名な話でしょ。自衛隊で演説したけど、みんな、聞いてなかったって」

「いい気味だ。あいつの話は、装飾過多で、聞いてるほうが、恥ずかしくなる。三島は、ひねくれていやがるんだ。忘れもしないよ。まだ帝大生だった三島が、僕をかこむ会にやってきて、挨拶《あいさつ》もそこそこ、『僕は、太宰さんの文学が、きらいです』ときた！　だから僕は、こう返してやったよ。『きらいなら、こなければいい。好きだから、きたんだろ？』とね！」

「おじさん、まだやってるの」

「なにを」

「太宰ごっこ」

乃々夏は言いました。

私は、太宰治本人ですが、『太宰治』を演じてきました。太宰なら、こんなことを言ってくれるだろう。太宰なら、こんなことをしてくれるだろう。相手の期待を、先回りして、長いこと、『太宰治』を演じてきました。そうしなければ、私は、私を、生きられませんでした。おそらく、実朝《さねとも》も、信長《のぶなが》でさえ、ご自身が、まわりにどう見られているのかを計算して、歌を詠《よ》んだり、子分をいじめたりと、齷齪《あくせく》していたでしょう。そして、私のように、破綻《はたん》したのでしょう。

私の無言を、肯定と受け取ったのか、乃々夏はあきれたように、「それで、太宰ごっこをエスカレートさせたおじさんは、芥川賞のパーティに乗りこんだってわけね。なにそれこわい。どうかしてるでしょ」と言いました。

「そうは言うがね、そもそも、芥川賞は、僕がいただく予定だったんだ。本当なんだ」

「第一回芥川賞をとったのは、石川達三《たつぞう》の、『蒼氓《そうぼう》』」

「きみは、石川君の、ファンなのか?」

「そんなわけないでしょ。ネットでしらべたら、出てきただけ。そもそも、ファンになるとかならないとかいうレベルじゃないよ。石川達三なんて、だれも知らないし、本も売ってないもの」

「ほらみろ！　石川君の作品は、時の流れに勝てなかった！　そんな、つまらないやつが、芥川賞をいただくなんて、ゆるせない。芥川も、藪《やぶ》の中、じゃなかった、草葉の陰で、泣いているよ。それもこれも、ぜんぶ、川端のせいだ！」

「それで太宰は、いやがらせのエッセイを書いたんでしょ」

「なにが、いやがらせなものか。真実の書だ！　うらぎり者を、断罪してやったのだ！　檀君は、『川端氏なら、きっと、この作品がわかるにちがいない』と言ったのに。僕らの信頼を、返せ！」

「おもしろいなあ。本気で太宰になりきってるんだもの。それさ、どうやってるの？　やっぱり、太宰の本を、ぜんぶ読んだの？」

「読んだんじゃない。書いたんだ。まあ、口述筆記をしてもらったり、人の日記を書き写したことは、なんどか、あるけど……」

「あ、知ってる。これもネットで見たけど、『生れて、すみません』って、他人の作品から盗んだんでしょ？」

山岸さんのいとこに、寺内寿太郎《てらうちじゅたろう》という詩人がいまして、彼の書いた一行詩に、『生れてすみません』という一文があり、私はそれを、たいへん気に入り、『二十世紀旗手』の冒頭に置きました。たちまちばれて、大揉《おおも》めになり、これがきっかけではないでしょうが、その詩人は心を病み、行方不明になってしまいました。反省は、していませんが、もうしわけなく、思っています。剽窃《ひょうせつ》して、すみません。

それにしても、このような話を、どうして乃々夏は知っているのでしょう。たしかに、乃々夏は、読書家のようですし、私も、有名人ではありますが、『生れて、すみません』の一件など、内輪の話にすぎません。いえ、そんなことより、帝国ホテルの会場にいなかった乃々夏が、どうして今回の大騒動を知っているのでしょう。

それについて、問いただすと、

「だから、ツイッターで回ってきたんだって。ネット見てたら、トレンドに入ってたの」

「きみが、たびたび口にする、『ねっと』というのは？」

「インターネットよ。ほかに、どんなネットがあるわけ」

「それは、なんだい」

「おじさんは、昨日生まれたばかりの赤ちゃんなの？」

「こまったことに、知識にかんしては、否定できないところがある。転生したばかりで、現代のことが、よく、わかっていないんだ」

「おじさん、携帯は？」

「なんだって？」

「だから、携帯、もってないの？」

「携帯を……もつ？　日本語として、おかしいじゃないか」

「パソコンは？」

「それは、なんだい」

「嘘でしょ？　うん、嘘にきまってる。だって、そうじゃないと……点数、高すぎるもの」

2

「ご主人様、ネットをはじめたいのなら、まずは、お店に行くべきです～！」

乃々夏の話だけでは、わからない部分が多かったので、翌日、朝からメイドカフェに出向きました。メイドは、彼女なりのていねいさで、インターネットというものを教えてくれました。さいわい、秋葉原では、インターネットが、すぐ手に入るそうです。

「本日も、オムライスに、もっともっとおいしくなる、魔法をおかけしますね～。さあ、ご主人様もごいっしょに！　いっきますよ～。せぇの、おいしくな～れ。まじかるまじかり～なっ！」

メイドとともに魔法をかけたオムライスを平らげますと、私は、地図をたよりに、教えられた『ソフマップ』という店にむかいました。

「す、すみません。あの、ほしいものが、ありまして……」

「いらっしゃいませ、お客様。なにを、おさがしですか？」

「インターネットを、一つ、ください！」

「えっ？」

「えっ？」

私と店員は、おたがいを、びっくりした顔で見つめたまま、動きを停止させます。

沈黙する私たちの頭上に、この店の社歌とおぼしき歌が、大音量で流れました。『ことば　いらない　ほほえみあれば～　たちまちすてきな　ともだちさ～　こころと　こころを　ひびかせあ～って　あいをうたおうよ　ウィー　ラブ　ソフマップ　ワールド』という歌詞から推測するに、どうやらここでは、ことばを発さず、ほほえむのが、礼儀のようです。私が、苦労して、へたくそな微笑を浮かべると、店員も、微笑を浮かべてくれました。現代の常識というのは、なかなか、むずかしいものです。

店員の説明によれば、インターネットをはじめるには、スマートフォン、または、パソコンと呼ばれる機械が必要とのことでした。乃々夏の指摘ではありませんが、この時代において、私は、昨日生まれたばかりの赤子と変わらず、「スマホとパソコン、どちらを、より多く使われますか？」とたずねられても、答えられません。狼狽しつつ、店内をうかがうと、テレビにタイプライターをつけたようなものが、いたるところに、置かれていました。聞けば、あれが、パソコンというものらしく、あまりお金もないので、この店で、一番安いパソコンを、買いました。タイプライターを使ったことはありませんが、私は、物書きです。なんとかなるでしょう。

三鷹のカプセルホテルにもどり、さっそく、パソコンの電源を入れましたが、青い画面が映るだけで、ボタンを押しても、直接、鉛筆で画面に書きこんでも、「動け。動け。動いてください！　インターネット！」とたのんでも、ちっとも、反応してくれません。そうこうしているうちに、昼をすぎました。もう、いやだ。飲もう。そうして、ホテル内の食堂でビイルを飲んでいますと、

「よお先生、ひさしぶりじゃねえか！　まだ、ここにいたのか！　さっさと帰らねえと、カカアに三行半《みくだりはん》を、突きつけられちまうぜ」

毛蟹と、ばったり会いました。

「助けてください！」

さっそく、泣きつきました。

毛蟹は、見かけによらず文明人で、食堂にもってきたパソコンを、たちまち、調整してくれました。

「よし、ホテルのＷｉ－Ｆｉにつなげておいたから、これでもう、ネットができるぜ。先生、キーボードの使いかたはわかるか？　あぁ？　ちがうちがう。これはな、ローマ字入力なんだ。ローマ字くらい、知ってるだろ？　やれやれ、先生も、とんだ機械音痴じゃねえか。ほらここ、ここを押すんだ。画面を見てみろよ。グーグルってあるだろ。あ？　グ

ーグルの意味？　そんなの知らねえよ。知らなくたって、検索はできるからな。じゃあ、とりあえず、実際にやってみるか。そこにカーソルを合わせて……やりかたが、わからねえって？　タッチパッドに指を置いて、操作すりゃいいんだよ。原理？　だからよぉ、そんなことは、知らなくてもいいんだって。よし。そうそう。じゃあそこに、知りたいことを入力するんだ。先生は、まず、なににについて知りたいんだ？」

「太宰治について」

3

インターネットにより、私は神になりました。

すべてを知る者になりました。

私は、毛蟹から教わった、『ググる』という手法を使い、インターネットに没頭しました。

気づけば夜になり、朝になり、また夜になっていました。

毛蟹の話では、インターネットに主体はなく、企業や組織、さらには個人までが参加して、自分が知るかぎりの情報を書きこみ、それを、いつでも、どこでも、無償で閲覧できるようです。過去にさかのぼって、新聞を読むこともできれば、それに対する、個人の感

想も読むことができるそれは、鞄の中に、図書館と掲示板を入れているようなもの。しかも、よほどの悪さをしないかぎり、政府や警察による介入はなく、自由に使ってもよいとのこと。

なるほどと、思いました。

どうりで、日本が戦争をしていないわけです。

このようなものがあっては、言論の統制など不可能ですし、また、国民に目隠しをせずに、戦争ができるはずもありません。インターネットがあるかぎり、大本営発表など、夢のまた夢でしょう。

石川君は芥川賞をいただいたあと、従軍記者に志願しました。あのころの新聞や雑誌は、大陸戦線からの現地報告であふれかえり、小説家はこぞって大陸にわたり、読者もまた、その種の記事を、あらそって読んでいたのです。石川君が、取材をもとに書いた小説は、しかし、即日発禁となりました。軍部の意にそぐわぬ描写があったにもかかわらず、むりやり掲載して、石川君はたしか、起訴されたはずです。

いっぽうの私も、小説家の端くれですから、志願せずとも、内閣情報局やら、文学報国会やらに、いわゆる国策文学を書くよう、命じられたこともありましたし、軍部から、作品の内容に注文をつけられたこともありました。私はそのたび、石川君のように格闘することなく、すべて受け入れ、同時に、するすると、すべてかわしました。愛国心を押しつける教育。人間を死地にむかわせる政治。私はそれらから、一定の距離を置いていました。祖国を愛する情熱。

それを、もたない人はいません。

けれども、私には、大きな声で、臆面もなく愛を語るということが、できないのです。出兵の兵隊さんを、人ごみのかげから、こっそりのぞいて、ただ、めそめ泣くのが、私のやりかた。私は丙種《へいしゅ》でした。劣等の体格でした。鉄棒にぶらさがっても、そのまま、ぶらんとしているだけで、なんの曲芸もできません。ラジオ体操さえ、満足にやれません。劣等なのは、体格だけではなく、精神も薄弱でした。人に指導したり、お説教する力がありません。だれにも負けぬくらいに、祖国を愛していても、なにも言えないのです。はっきり言うなんて、恥ずかしいじゃありませんか。

文化と書いて、ハニカミとルビをふれ。

お道化でかわして、笑いでごまかせ。

そんな私も、坂口さんが指摘されたとおり、M・C、マイ・コメディアンに徹しきれず、最終的に、心中してしまいました。女と情死なんて、そんなの、ちっとも、笑えません。私は敗北しました。文壇に負け、世間に負け、おそらく戦後にも負け、そうして書きつづけられなくなった結果、死を選びました。とかく、M・Cはむずかしい。しかし現代には、インターネットがある。あくまで直感ですが、私はこの文化《ハニカミ》に、新たなるお道化の可能性を感じました。インターネットをうまく使えば、今までとはちがったM・Cを、新型のM・Cをやれるのではないか。あるいはもうすでに、現代のM・Cとでも呼べるものが、いくつもあるのではないか。そんなことを思いました。

私は数日間、ただでさえ忘れがちな寝食を、完全に忘れて、インターネットに夢中になりました。

結果、わかったことが、二つあります。

一つは、ウィキペディアさんの存在。

アメリカの人でしょうか、ウィキペディアさんは、果物から政治にいたるまで、ありとあらゆる知識を、インターネット上に提供していました。これほどの知慧《ちえ》を、なんの見返りももとめず差し出すウィキペディアさんとは、はたして、いかなる人物なのでしょう。あまりにも、博識。そして、あまりにも、平等。もはや、人間とは思えない。神。まさかね。そのようなウィキペディアさんは、やはりというべきか、私のこともごぞんじらしく、太宰治にかんする多くの情報が、インターネットに書きこまれていました。読んでいるうちに、懺悔したくなりました。悔いあらためよ。

わかったことの、二つ目。

太宰治の作品と思想は、現代に残っているだけではなく、メディアにも深く浸透しているようなのです。

私が生きのびるためにやってきたお道化を、今や、たくさんの人々が流用し、私の死生観、厭世観《えんせい》、語り口は、あらゆる方面に広がり、それらは、いくつもの娯楽作品や文学に見られ、また、最近、芥川賞を獲《と》った芸人も、私の影響を強く受けていることを公言しているようで、つまり私は、『キャラクター』として、大成功しているのです。

太宰治は、現代においても、最新。

インターネットを、さぐれば、さぐるほど、その証拠が、わんさか、出てきます。とある作品の主人公は、太宰治が好きすぎて、著作を引用する性癖を持っているようですし、『もし文豪たちがカップ焼きそばの作り方を書いたら』という本の表紙は、どう見ても私です。ほかにも、『文豪ストレイドッグス』というアニメーションがあるらしく、そこでは、よくわかりませんが、私や織田君や芥川といった小説家が殺し合うそうで（私が、『ヨドバシカメラ』のテレビで見たのが、まさにそれでした）、そのほかに、『文豪とアルケミスト』という作品にも、やはり、よくわかりませんが、私や坂口さんや川端康成が登場するようでした。画像を見ると、どちらの私も、青年の姿で、包帯を巻いたり、死神のような鎌をもっていました。これが、現代人から見た、太宰治のイメージなのだとしたら、少し、ぎゃっとなります。

結局、どの時代だろうと、私をちゃんとは、見てくれないのだ。

私の中にある『太宰治』を、それぞれが、見たいように色づけして、見ているのだ。

それは、私にとっては悲劇でしたが、いっぽうで、太宰治にしてみれば、もはや、勝利宣言でした。

どの時代にあっても、太宰治は、生きつづける。その証明でした。

あと、これは、私が自分で見つけたものですが、『けものフレンズ』という娯楽作品からは、私が書いた、『カチカチ山』の影響がうかがえました。絵巻や草紙《そうし》に出てくる獣を、擬人化して描き、獣をとおして、人間をあらためて発見するというやりかたは、私の『カチカチ山』の模倣であるにもかかわらず、インターネットのどこにも、そのような指摘はありません。これは、万遍《まんべん》なき情報発信という観点から見ても、怠慢ではないでしょうか。

とはいえ、あのウィキペディアさんですら気づけなかったようですし、『けものフレンズ』は、たいへん人気があるらしく、狐狸《こり》を軽んずる日本近代文化にあっては、快挙といえますから、見逃してあげるとしましょう。

それにしても、ここまで、太宰治の名が浸透しているにもかかわらず、文壇は、まだ私を、みとめないつもりでしょうか。

あの日の怒りが、よみがえります。私がいくら演説をしても、彼らの耳には、とどかない。酒を飲み、にやにや笑いを浮かべ、「きゃっ。この会場には、鼠がいますね」などと言って、私を無視するのは、今も昔も、変わらない。

私はもう、文壇を、愛していません。

刺す。

いや、勝つ。

そのためには、なにがもっとも有効でしょうか。

他人を攻撃したって、つまらない。攻撃すべきは、あの者たちの神だ。敵の神をこそ、撃つべきだ。でも、撃つにはまず、敵の神を発見しなければならぬ。人は、自分の真の神を、よく隠す。

このようなことを考えつつ、朝も夜もインターネットをしていますと、とんでもない情報を手に入れてしまいました。

第十一章

太宰、芥川賞を欲する

1

インターネットは、情報を得るだけではなく、発信することもできます。小説家や政治家にならずとも、インターネットさえあれば、情報の送り手になれるのです。

ブログというものがありまして、それは、はじめから、第三者に見せる前提で書かれた日記という、ずいぶんと倒錯したもので、現代では、多くの人々が、それを書いているようでした。『たった1年で3億円かせぐ方法』や、『無職だった僕が年収5億円になるまで』といった、すさまじく重要な情報を、ウィキペディアさんのように、おしげもなく公開するものもあれば、『ホンダ車を100台乗り倒す』や、『万年筆収集家の散財日記』といった、趣味性の高いもの、『ぐうたら五目《ごもく》ラーメン』や、『おれたちピートロうぃーず』といった、もはや、題からは内容を想像できないものまで、その内容、使い道は、多岐にわたっています。

なかでも、おどろいたのは、映画俳優や舞台女優まで、ブログを書いていることでした。私のいた時代では、彼らはその私生活を、貴族のごとく隠すことで、あこがれや、高貴性を維持させていましたが、時代は大きく変化し、現代では、暮らしの断面をちらと見せることで、人気と共感を得ようとしているらしいのです。私は、現代の俳優については無知ですが、いくつかのブログを、ざっと読んだところでは、日記というよりは絵日記で、大半が写真によって構成され、文章の質も、私を楽しませてくれた転生本と比較しても格段に落ち、このようなものを読んで、その俳優のことを好きになれるとは、とても思えませんでした。

私のつまらない邪推《じゃすい》を、しかし、ある一つのブログが、変えてくれました。

それは、『ふわりのメイド日誌』というもので、れいのメイドカフェ、『めいど☆にゃんにゃん』で、いつも、私の担当をしてくれるメイドが書いたものでした。

『タイトル・夏じゃ〜！☆8月前半のお給仕予定表』

7月27日

ふわりで〜す
更新まにあった☆
来月はこんなかんじです
予定表どーん！

1日　夕方↓ラスト
2日　夕方↓ラスト
3日　お昼↓夕方
4日　開店↓ラスト
8日　開店↓夕方
9日　お昼↓ラスト
10日　いべんと
13日　開店↓ラスト
14日　夕方↓ラスト
15日　開店↓夕方

☆10日☆
この日は、ふわりのオリジナル缶バッジガチャが6000円のお会計毎《ごと》に引けます！
当日は、ずっとお給仕する予定です
推しメイドさんの缶バッジをつけてアピールしてくださいね～
お給仕もどります

んじゃねーんっ

『タイトル・おや〜なのじゃ〜!』

8月8日

ふわりですー
なんかパスワードがひらかないって出るの
もうずっと!
そういえば、このまえの休み
よっしゃ沖縄いくかーってバイタリティきたので、行ってきました!
那覇《なは》、高いね
多客期ぃぃ!!!
で、ソーキそばたべたの
知ってた? 沖縄ってオムライス有名なんだって。タコライス?
たまご見てたら、おまじない書きたくなって笑笑笑笑

今日のおまじないは
おいしくなーれ
めんそーれにゃんにゃん
天下一品

『タイトル・とうもろこしじゃ〜！』

8月9日

食してるボリボリボリボリボリボリ
私、意外と字がきれいだから、ボリボリボリボリって毛筆で書けるよ
それで、報告がありまーす！
わたくし！ふわり！本日で！なんと100回目のお給仕を迎えました!!!!
明日がイベントなのにな笑笑
もちっと結構お給仕してるかなって思ってました

まだ100回、、、精進いたします
がんばるって
漁師になるって
では!☆

『タイトル・心がぴょんぴょんするんじゃ〜!』

8月10日

更新!
イベントやってますよ
くるしか!!!!!
セブンしょ!!!!
ガチャ引けますよ

なんと、プレゼントいただきました〜!
ふわふわしゃんのクマしゃんのリュック、、、ふわりだけにか、、、圧倒的感謝。。。。

ありがとうございまる！

大切にします

部屋片付けたい・・・・

むう、、、

待ってるんだからねっ

ぷんぷん！！！

ぷぐうう！

おこってるんだよ〜

恐竜絶滅するかもしれないよ！

もう知らないんだからー

あいにきてくださ〜い！

んじゃーねっ

写真とともにつづられた、句読点もなにもあったものではない日記を読み、心が、ぴょんぴょんしました。

思い上がっていたようです。

低俗なことばでは、人の心を動かすことはできないなどと、まるで、先輩たちが言いそうな、きたならしい罠から、危ういところで、救われた。メイドの清らかな心が、私を救ってくれた。そう思いました。ふつうの小説というものが、将棋だとするならば、このメイドが書いたブログは、はさみ将棋。根本から、ルールがちがう。将棋指しの目で見てはいけない。

たとえば、『枕草子《まくらのそうし》』に、少し、いじわるをすれば、あれはただの、身辺雑記にすぎません。春はあけぼの。くだらない。季節を、報告しただけじゃないか。にもかかわらず、私たちが、『枕草子』に文学の芳香《ほうこう》を嗅ぎ取るのは、こちらが勝手に、そのような文脈をもちいて、評価しようとしているから。

メイドのブログも、俳優たちのブログも、きわめて稚拙《ちせつ》ですが、読み方を工夫すれば、心をつかまれる、はさみ将棋の文章となるのでしょう。たしかに、彼らが書く、「小豆《あずき》を煮たら甘かったです」とか、「イルカに会いたくていっぱい泳ぎました」とか、「パンって発酵しますすね」とかいった、どう反応すればいいのかわからない日記も、スタイルに慣れさえすれば、案外、おもしろく感じられます。

その証拠というべきでしょうか、コメント欄という箇所には、閲覧者からの返信が書かれていまして、だれもかれも、心から、そのブログを愛読している様子が、うかがえました。

現代日本には、自分の知らない、新たな文体が脈打っている。

夢中になって、いくつものブログをあさりました。

そして、とうとう、『文系地下ＪＫアイドルののたん日記』なるものを、見つけてしまいます。

そのブログでは、見覚えのある一人の少女が、メイドによく似た衣装を着て、舞台の上で踊ったり、媚びるような笑みを浮かべたり、奇怪なポオズをとったり、自分で作った焼き菓子の写真などを載せたりしていました。

私は、鶴が機織りしているところを、うっかり見てしまったような戦慄を味わいつつ、そのブログのコメント欄に、『本日午後五時に、駅で待つ　Ｍ・Ｃ』と書き、送信しました。たった、これだけの文章を打つのに、長い時間がかかったのは、パソコンに慣れていないせいだけではありませんでした。

2

「なんのつもり」

三鷹駅の前で待っていた私を見つけるなり、乃々夏はきっと、こちらをにらみました。

こういう表情もできるのかと思いました。

「これは、きみだね」

私は、おもむろにパソコンを開き、『文系地下ＪＫアイドルののたん日記』が表示された画面を、乃々夏に見せました。そこには、華やかな衣装を着た乃々夏が映っていました。笑顔は輝き、衣装もよく似合い、そこから突き出た腕や脚、衣装を押し上げるほどに豊かな胸も、明るい美しさに満ちていましたが、それ以上に、滑稽でした。

読者が、『シンデレラ』の物語を、おしまいまで読むことができるのは、あの薄幸な娘さんが、最後に、お姫様になるのを、知っているからです。もし、あのまま魔女がやってこず、南瓜《かぼちゃ》の馬車も、ガラスの靴も、みんな妄想で、「ああ、私もいつか、舞踏会へ行けたなら！」などと、娘さん、みすぼらしい姿のまま、一人でぶつぶつ言っているだけならば、狂気。

『文系地下ＪＫアイドルののたん日記』からは、しかし、そのような危うい香りがただよっていました。乃々夏は、おのれの容姿が、ほかの人よりすぐれていることは理解しているものの、その使いかたが、とんちんかんで、きりきり舞いをやっているのです。

自分の魅力が、わかっていない。

自己演出が、やれていない。

やぶれかぶれの、ちんどん屋さん。

「ちょ、ちょっと、こんなところでなにやってんの！　早く、パソコンしまって！　人の地元で、そんなもの出さないで！」

「『そんなもの』とは、ずいぶんじゃないか。ご自身の、写真だろうに」

「いいから！」

乃々夏は、おおあわてで、パソコンに飛びかかりました。自分のおこないに、羞恥《しゅうち》を感じてはいるようです。

「このブログには、おどろかされた」

壊されてはこまるので、パソコンをしまいました。

「べつに、ただの、パンフレットみたいなものよ。で、私を笑いにきたの？」

「どうかな……。風に吹かれて」

「おじさん、言っておくけど、勝ったつもりにならないでちょうだい」

「きみは、負けたつもりでいるの？」

「お説教とか、冗談とか、あと、にやにや笑いだけは、やめてもらえないかな」

「一つ、聞きたいんだが、『文系地下ＪＫアイドル』とは、どういう意味？」

「馬鹿にしないで」

「ののたんというのが、きみの名前かね。屋号のようなもの？」

「ええそうよ。私は、地下アイドルをやってるの。これで満足？」

乃々夏は険悪な声を発しました。

私はおもむろに、コンビーフ缶を取り出すと、

「きみ、これを、おいしくしてみなさい」

「えっ……なに言ってるの」

「できないとでも？」

「だから、なに言ってるのさ」

「きみはそれでも、プロフェッショナルのメイドなのか！」

「メイド？」

「魔法を知らないのなら、この僕が、教えてあげよう。『おいしくな〜れ。まじかるまじかり〜〜〜なっ！』だ！」

3

私たちは、ふたたび、ふぁみれすで、むかい合いました。

おたがいの札を、さぐっているように、どちらも、無言。

店内の壁には今日も、『最後の晩餐』のレプリカが、かけられています。このとき、ユダは、どんな気持ちだったのでしょう。「おまえたちのうちの、一人が、私を売る」と言った

イエスから、パンのかけらを口につっこまれたユダは、恥ずかしかったんじゃないかしら。そして、こいつを売ってやると、その瞬間、決心したんじゃないかしら。しかし、イエスだって、恥ずかしかったのだ。まるで、犬や猫にでもするように、だいの大人の口に、パンのかけらを押しこむなんて、ご本心では、やりたくなかったのだ。イエスは、それでも、やった。私は、イエスが、ユダの背中を押してやったのだと、考えています。イエスの気持ちが、今なら、本当によくわかる。

「きみは、お伽噺は、好きかい？」

私は、おもむろに、ことばを発しました。回りくどい、へたくそなことばでしたが、しかたありません。神の御子《みこ》でも、むずかしかったものが、私なんぞに、うまくできるわけがないのです。

「さあ。考えたこともないけど」

「蟹の話を、いたしましょうね。月夜の蟹が、やせているのは、砂浜に映る自分の月影におびえ、眠れず、よろぼい歩くからなんだ。月の光のとどかない深い海の、ゆらゆら動く昆布の森に眠り、龍宮の夢でも見ている態度こそ、ゆかしいのだろうけども、蟹は月に浮かされ、ただ砂浜にあせる。そして、自分の姿を見つけ、おどろき、おそれる。ここに男あり。ここに男あり。蟹は、泡を吹きつつ、そうつぶやいて歩くのだ。蟹の甲羅は、つぶれやすい。かたちからして、つぶされるように、できている。蟹の甲羅のつぶれるときは、つぶくらっしゅという音が、聞こえるそうだよ。むかしむかし、生まれながらに甲羅の美しい蟹がいた。この蟹の甲羅は、いたましくも、つぶされかけた。蟹は、自分の姿を砂浜で見て、おどろいた。このみにくい影は、本当におれの影なのか。おれは新しい男である。しかし、おれの影を見たまえ。おれの甲羅は、こんなに不格好《ぶかっこう》なのか。ああ、おれには、才能があったのであろうか。いや、あったところで、それは、おかしい才能だ。世わたりの才能だ。原稿を売りこむのに、編集者へどんな色目を使ったか。あの手。この手。甲羅がうずく。からだの水気が、乾いたらしい。海水のにおいだけが、たった一つの、取《と》り柄《え》だったのに。潮《しお》の香りがうせたなら、ああ、おれは消えたい。も一度、海へ入ろうか。海の底に、もぐろうか。懐かしきは、昆布の森……」

「おじさん、それ、なんの話？」

「これは『古事記《こじき》』の……なんでもない。罰が当たるね」

「こんな調子をつづけるなら、私、帰らせてもらうけど」

「僕は、ずっと、不思議だったんだ。どうしてきみが、僕にかまってくれるのか」

「かまってないよ」

「三度も、会いにきてくれた」

「最初のときは、お姉ちゃんからあずかった、お金をわたしただけ。その次は、偶然、見かけただけ。芥川賞のときだって、ツイッターで、トレンド入りしてたから」

「気になった？」

「…………」

「僕はたしかに、夏子さん……きみのお姉さんと、心中した。深い仲かどうかは、べつとしてね。だけど、乃々夏さん、きみとは、なんの関係もない。きみは、僕のことなんて、すっかり忘れてくれて、かまわないはずだ」

「思い上がり」

「僕は、分際《ぶんざい》というものを、心得ているつもりだけど、言わせてもらう。乃々夏さん、きみは僕を見て、自分にはない、可能性を感じたんじゃないかな？」

「まるで、自分のことを、天才だと思ってるみたいな、いやな言いかた。おじさんのやってることなんて、その服装といっしょだよ。みんな、でたらめでしょ」

「服装が、でたらめ？」

「話の腰を折らないで」

「いや、大事なところだ。この服、そんなに、でたらめ？」

「でたらめの大将みたいなものよ」

なんということでしょう。『Dolce & Gabbana』で買い求めた、これらの洋服は、うすうす、勘づいていましたが、ポンチだったようです。だまされた！　みっともないやら、恥ずかしいやらで、消えたくなりました。あわれな蟹は、羞恥の湯気でみずからを茹《ゆ》で上げ、まっかっか。

「おじさん、しょんぼりするのは、あとにしてもらえる?」

「そ……そうだね。どこまで話したっけ」

「自分のことを、天才だと思ってるみたいな、いやな言いかた。おじさんのやってることなんて、みんな、でたらめ」

「でたらめは、天才の特質の一つと、言われているがね。瞬間瞬間の真実だけなら、たくみに、くみ取れるのさ」

「いばっちゃって」

乃々夏の小鼻が、李《すもも》のように赤くなりました。

私もまた、緊張で顔が赤らむのを感じつつ、話を本題に進ませます。

「アイドルというのは、きみの話を聞けば、歌と舞踊をもちいて、階級にかかわらず、人々に癒やしをあたえる職業なのだよね。メイドより、さらに高みにいるのだよね」

「どっちが上とかは知らないけど、まあそう」

「じゃあ、これはどういうことだ」

私はテーブルに置いたパソコンを、指でしめします。『文系地下JKアイドルののたん日記』のコメント欄は、どんなに日付をさかのぼっても、『コメント(2)』『コメント(2)』『コメント(0)』『コメント(0)』『コメント(2)』『コメント(3)』『コメント(2)』

という、むなしい数字がならんでいるばかりでした。

「これは、僕の想像なので、まちがっていたら、訂正してほしいんだが、ブログの人気をはかるには、そのブログの、コメント欄を見れば、だいたいわかるんじゃないかな。本にしてみれば、部数のようなものだね。俳優や、歌舞伎役者のブログには、五百や六百といったコメントが、寄せられていた。メイドのブログや、ほかの、よくわからない方々のそれにも、多くのコメントがあった。でも、きみのは」

「もうやめて。なにこの、羞恥プレイ。私はね、ええそうですとも、人気ないの。だいたい、地下アイドルなんだから、マイナーに決まってるでしょ。海老蔵《えびぞう》のブログと、くらべないでよ」

「きみの活動は、ごっこ遊びというわけだね」

「言ってくれるじゃない」

「きみはどうも、サーヴィスを、知らぬようだ。ひとりよがりだ。お客さんの姿が、あのブログからは、なんにも、見えやしない。サーヴィスしないことが、高尚《こうしょう》とでも、思っているのかね。墨絵《すみえ》の美しさがわからなければ、芸術を解していないとでも、思っているのかね。光琳《こうりん》の極彩色《ごくさいしき》は、芸術でないとでも？　崋山《かざん》の絵だって、すべてこれ、サーヴィス。なのに、きみは……」

「怒るよ」

乃々夏の目は、すわっていました。

「あ、いや、怒らせるつもりじゃ、ないんだ。きみは、アイドルというものをつづけて、どれくらいになるの？」

「地下アイドルだよ。一年くらい……もういいでしょ」

「いったい、どうして、アイドルに？」

「だから、地下アイドルだって。前も言ったと思うけどさ、私、あの家が、いやなの。うんざりなんだ。だから、さっさと自立しようと思って、お金をかせごうとしたの。地下アイドルなら、スキルがなくても、かんたんになれるし、手っ取り早く、儲かるかなって。でも、だめだね。なんか、思ったようには、ならなくて」

「きみはなぜ、チェーホフにくわしいの？」

「なによ、いきなり」

「答えてほしい。たのむ」

「べつに、たのまれるほどのことじゃ、ないけど。あのね、私はべつに、アイドル業に興味があるわけじゃないんだけど、でも好きなアイドルが一人いて、その人は本もよく読んで、今は書評とかも書いてるんだけどさ、その人が、チェーホフの戯曲の舞台に出たの。『桜の園』って、知ってるでしょ？　それがきっかけで、チェーホフとか、ドストエフスキーとか、ロシアの作家を、読むようになって……ねえ、さっきから、なんなの。おじさん

人気者になりたいかい？」

「とんでもない。じゃあ、これが、最後の質問だ。きみは、お金がほしいかい？　人気者になりたいかい？」

「当たり前でしょ。悪い？」

「僕は、芥川賞がほしい」

「は」

「気づいたんだよ。芥川賞をいただくことが、文壇に対する、一番の復讐ということにね。だけど、残念ながら、僕にはその資格がないんだ。芥川賞は、新人作家の登竜門《とうりゅうもん》だから、太宰治は、参加できない。最初は、匿名《とくめい》で書こうかとも思ったが、そんなのは、卑怯者《ひきょうもの》のすることだし、それにやっぱり、新人賞は、新人が、いただいてこそだからね」

「なに……どういうこと？」

「原稿料も、印税も、きみのものだ」

「私に、なにか、させたがってる？」

「僕が手伝うから、芥川賞を、とってみないかね」

われは山賊。

うぬが誇りを、かすめとらむ。

第十二章
太宰、才能を爆発させる

1

作戦、開始。

まずは乃々夏を、小説家にしなければなりません。

検索（インターネットで、ものをしらべることを、こう呼ぶようです）してみますと、最近は、私のように、同人誌に参加したり、だれかに弟子入りすることで、小説家になるという例は少なく、小説誌に送って受賞をめざすか、インターネット上にある、小説投稿サイトなるものに作品を書き、それを書籍化するのが一般的とのことでした。

私の目的は、芥川賞をいただくことです。

どうやら、芥川賞の候補になるには、文芸誌に作品を掲載するほかには、ほとんど道がないらしく、というより、いわゆる純文学作家になるには、文芸誌が主催する新人賞に合格するほかには、やはり、ほとんど道がないそうで、乃々夏を、なんでもいいからデヴューさせてしまえというわけにはいかないようでした。権威主義。文壇は、以前にも増して、えらぶっておられるようで、いやらしい差別思想が、鼻につきましたが、今は、四《し》五《ご》の言っている場合ではなく、私たちは必然的に、文芸誌への投稿をめざすことになりました。

現在、文芸誌と呼ばれているものは、『新潮』『文學界』『群像』『文藝』『すばる』の五誌だけで、今から書いて、締め切りに間に合いそうなものは、『群像』主催の、群像新人文学賞と、『文學界』主催の、文學界新人賞くらいでした。私たちは相談して、とりあえず、文學界新人賞をめざして、そこに間に合わなければ、群像新人文学賞に送るという結論になりました。

さて、これで終わったわけではありません。

小説執筆と並行して、ブログの改造にとりかかりました。

『文系地下JKアイドルののたん日記』では、つまらない。このような題では、ほかのブログに埋もれて、乃々夏の個性が見えません。いえ、乃々夏に、個性というものが本当にあるのかなど、知りません。個性の有無など、確認のしようがないし、だいいち、そんなものは、関係ないのです。

いかにして、目立つか。

内容は、二の次。

個性は、三の次。

よい小説を、だまって書き上げる。もちろん、それで、だれかの目には、とまるでしょう。だからといって、ものごとが、トントン拍子に進むわけではありません。佳作《かさく》を書くだけでは、ニュースにならない。おいしいと評判の料亭を、よく、ごらんなさい。味つけに工夫する前に、のれんに工夫をしているはずですから。

私にも、くるしい時代が、ありました。

最初の創作集、『晩年』は、初版が五百部くらいでしたが、百五十部くらいしか、売れませんでした。五年かかって、なんとか、千五百部ほど売れたのですが、単純に計算して、一年に百冊売れたということになり、私の本は、つまり、三日に一冊ていどしか売れなかったことになります。じつに、みすぼらしい惨状で、お金など、まったくありませんでした。それでも、太宰治という名前は、当時から、知られていました。

芥川賞の、おかげです。

私が、芥川賞に落ちたとき、『創生記』や、『川端康成へ』を書いたのは、怒りや、うらみも、ありましたが、それと同時に、「こういうものを書けば、評判になるのでは？」という打算があったのを、否定しません。実際、私の文章は、よくも悪くも注目を浴び、佐藤春夫が芥川賞を確約したとか、新人作家が川端康成に喧嘩を売ったとかでさわぎになり、太宰治の名が、世に知られることになりました。ころんでも、ただでは起きない。いいえ。ころんだら、わざと起きない。

死んだふり。

目の前で、どたりと派手に倒れた人が、いつまでも、起きなかったら、だれだって、気になるでしょう？

お道化は、太宰治の処世。

どうも、今でも、そのように思われているようですし、まちがってはいませんが、実情は、少しばかり、ちがいます。

お道化は、太宰治の武装。

私が持つ、マイ・コメディアンの精神が、完璧に発揮されたとき、それは、こしらえ物の文学を、はるかに超えるのです。この二〇一七年に、私の小説が残り、ほかの連中が淘《と》汰《た》されたのが、なによりの証拠。笑われたっていいのだ。わざと尻もちをついて、頭かきかきしていればいいのだ。むろん、お道化は私の虚弱によるものですし、すべてを芝居と公言する気も、ありません。お道化とは、気の弱い人間が、自分を守るために擬装した結果にすぎず、私の自信のなさからくるものでしたが、弱いからといって、ただ、泣きべそをかいているだけでは、だれも、助けてくれないのです。

自分の身は、自分で守れ。

太宰治が言うのだから、たしかです。

縞馬の縞。へら鹿の角。孔雀《くじゃく》の羽根。彼らを、ごらんなさい。どれも、生存には不向きですが、はたして、彼らが、一度でも、文句を口にしたでしょうか。

というわけで、ブログの題を、『地下アイドルで、すみません　ののたんオフィシャルブログ』に変えさせました。

ブログの中身も、変えさせました。

これまでに書かれた乃々夏の日記を、一部抜粋しますと、

『タイトル・イベントありがとうございました』

3月8日

こんばんは。ののたんです。

最近は毎日、漠然としたモヤの中で生きているような気がします。

何？ と聞かれても、はっきり説明することはできませんが、モヤは日を追うごとに増してくるようで、不安とも不快ともいえない感覚がつづいています。

なんでしょうね。

早く、スッキリしたいものです。


本日は、イベントにお越しくださいまして、ありがとうございました。

せいいっぱい、やらせていただきました。まだまだ未熟なところがあり、帰宅してもしばらくは、ああすればよかった、こうすればもっとうまくできたと、反省の連続でな

かなか眠りにつけないことが多いのですが、本日のイベントは、(あくまで私なりに!)とてもうまくやれたと思っています。


今後共、よろしくおねがいします。

おやすみなさい。

おたがい、すっと眠りに落ちますように。


『タイトル・熱中症!?』

5月11日

こんばんは。ののたんです。

気がついたら夜でした。最近このような状態によくなります。

最初のうちは、疲労なのかな? と思っていましたが、これは熱中症なんだ!と気づきました。

五月に熱中症とはこれいかに、とお思いかもしれませんが、私は昔からひとつのことに熱中すると、睡眠時間を削ってしまうんです。

基本、ナマケ者ですし、やらない時は全くやらないのですが（情けないです！）、やると決めたら気がすむまでやるタイプなので、たまに、このような状態になることがあります。

最近は新しいことに挑戦したり、今まで興味のなかったことが急に気になったりと、自分の中で変化が起きているのを感じます。

若輩者の私ですから、何をするにしても知識も経験もなく、ですがだからこそ、楽しかったりするんです。知らない言語を一から覚えるときのような好奇心を、ずっとずっと維持していきたいですね。

なんだか、とりとめのない感じになりましたが（いつもそうだった！）、お付き合い頂きましてありがとうございます。

感謝の気持ちを忘れずに。

おやすみなさいませ。

ごらんのとおり、なんの引っかかりもない文章ですし、それ以前に、ののたんという名称と、文体が、まるで、合っていません。言文が、一致していないのです。夏目漱石は、いかにも、夏目漱石といった文章を書きますし、森鷗外も、やはり、森鷗外が書きそうな文章をこしらえています。生活と文章がそろって、はじめて、文体となるのです。生活と文章。どちらか一方にでも、むりがかかれば、たちまち、ご破産。かなしいハリボテが、そこにはあるだけです。

どうにも乃々夏は、お利口すぎるようでした。

地頭《じあたま》のよさ、育ちのよさが、文章に出すぎています。

赤々とした林檎は、たしかに、おいしいかもしれませんが、飲みこんでしまえば、それだけですし、林檎に興味のない人、林檎をきらいな人には、なんの効果もありません。乃々夏の文章は、まさにそれ。

林檎を見せて、

「これは、林檎です」

と言っているだけで、いったい、だれが関心を寄せるでしょうか。

もし、私ならば、

「おい、この林檎は、すこぶる、苦いぜ」

と言うでしょう。もちろん、お変人と思われるかもしれません。林檎を、投げ捨てられるかもしれません。でも、もしかしたら、その林檎に興味をもってくれるかもしれない。気味が悪いと私をののしりつつも、その林檎を、じつはものすごく食べてみたくなっているかもしれない。
気になるのは、林檎よりも、毒林檎。

これこそが人類の、根源的な好奇心ではないでしょうか。

アダムとイヴが食べた、禁断の果実は、林檎だそうです。

私は、自分の小説技術を、あますところなく、乃々夏につたえました。弟子と呼べる者は、田中君をはじめとして、何人かいましたが、若い女性に、小説の教育をするのは、はじめてといってもいいでしょう。罪悪感のようなものが、少々、ありました。自分の野望のために、人を利用するなんて、憎き先輩たちと、おなじ道を歩いているような気がして、憂鬱になりました。私はそのたびに、インターネットで知った、『Ｗｉｎ－Ｗｉｎの関係』という、便利なことばを思い出して、なんとか、罪悪感をふり払いました。それにしても、野望ときたか。ぞっとするよ。この寒気だけは、消えてくれません。

私はけっして、無私無欲な男ではありませんでしたが、野望というものを、人より、強く、いだいたことはないと、自負しています。お金にも、出世にも、さほど、興味をもてませんでした。恥ずかしいという理由だけではなく、私はつねに、枕もとに、死というものを、置いていたからです。このように言えば、お侍のようで勇しいですが、私にとっての死は、睡眠薬といっしょで、どうしても眠れなくなったときに、えいやと飲むものでした。それを飲んだあと、ぐっすり眠れるか、永遠に眠るかは、神のみぞ知るといったところですが、ともかく、私は、すぐ手がとどくところに、死を準備していました。このような生活をする人間が、未来のお金や、未来の出世に、どうして執着できるでしょう。

しかし、今はちがいます。

転生した私は、復讐という原動力により、一時的にせよ、死を遠ざけています。

怒り。

芥川賞落選と、そこからえんえんとつづく、古いものたちとの戦いが、その源《みなもと》。

復讐が果たされるまで、私は死ねない。

「ぷっ。死ねない、だってさ」

あんまり意外な発想に、自分で噴き出してしまいました。

「おじさんは、ひまそうだね」

パソコンから顔を上げた乃々夏が、こちらをにらみました。

私はわれに返ります。

いつもの、ふぁみれすで、作戦会議を開いていたのです。

私が咳払いをすると、乃々夏は肩をすくめ、ふたたび、ブログの改造にとりかかりました。私は、味の濃いハムを食べながら、その様子を、ぼんやりながめていました。乃々夏は、呑みこみが早く、おろかな師匠は、なんにも、やることがありません。私は、乃々夏の頭を見るともなく見ながら、ひまつぶしに、昔話をはじめました。

「きみを見ているうちに、ある青年のことを、思い出したよ。彼は、『新思潮《しんしちょう》』という雑誌の、若手編集者でね……うむ、あの号は、少なくとも、執筆陣はよかった。僕のほかに、坂口安吾と、石川淳《いしかわじゅん》を、そろえたんだからね。それはともかく、その若手編集者は帝大生で、みんな僕を、『太宰さん』と呼ぶのに、かたくなに、『先生』でとおしているような、変に生真面目で、ぴりぴりしたやつだった。彼が、ある日、家にやってきてね、僕はちょうどそのとき、刊行された自分の全集を、ぱらぱらと読んでいた」

「それ、おかしくない？」

「おかしいって、なにが」

「だってさ、生きてるのに、全集を出したの？」

「彼にも、似たようなことを言われたよ。『全集なんか出して、もう死ぬのかと思いましたよ』なんて、言われちゃった。ひやっとしたよ。彼はつづけて、『先生はよく、もうすぐ死ぬとおっしゃいますけど、いつ、本当に、死ぬんですか？　いつも、死ぬ死ぬと言っている人が、いつまでも死なないでいると、なんだか、変な気になります』とも言った。僕は、その一月後にサッちゃんと情死するわけだから、ずいぶんと、度肝《どぎも》を抜かれただろうな。うん、変なやつだった。彼の名前は、中井英夫《なかいひでお》と言ったっけ」

「おじさん」

「うん？」

「私はもう、おじさんの芝居に、いちいち反応しないよ」

「芝居じゃない」

「だから、もういいんだってば。あのね、その……」

「お金のことが、心配かい？　あの日も言ったけど、原稿料も、印税も、すべてきみにわたすよ。ただ、ちょっと、僕が生活するだけのお金は、めぐんでほしいな」

「こんなことして、本当に、意味あるの？」

「こんなこと？」

「おじさんの言ったとおりにすれば、私でも、作家になれるの？」

なにを言っているのでしょう。

私は、太宰治ですよ。

2

『地下アイドルで、すみません　ののたんオフィシャルブログ』

『タイトル・なし』

8月3日

私アイドルだけど恥ずかしくてたまらぬ。

何さアイドルって、実態。

地下アイドルなの私。

アンダーグラウンド。もぐらの巣窟《そうくつ》。地下帝国。うようよいっぱい。でもそこには、ろくなアイドルがいないよ。

蓼《たで》食う虫も好き好きって言葉があるけど、あんなもの、どんなに煮染めても食べられないって。

つまり何が言いたいかと言えば、
私アイドルだけど恥ずかしくてたまらぬ。


『タイトル・みなさまへの報告』

8月4日

こんばんは。

今日のお客は8人だけ。

笑われて、笑われて、強くなる？　8人に笑われて強くなれるなら苦労しないよ。

誰にも読まれない本って、意味がある？


あらためまして。ののたんです。

地下アイドルというのは、ごぞんじのように、負け戦《いくさ》です。

のし上がるとか、売れるとか、表舞台とか、未来とか、そうしたものは、はじめからありません。

蜘蛛《くも》の糸が天から垂れてこなければ、それはただの地獄といいます。

本日より、ブログを新装開店しまして、これからは、嘘偽りのない私を、嘘偽りの文章で、みなさんにお伝えできればと思っております。

それではまた。


『タイトル・なし』

8月5日

ベーコン、ベーコン、生意気だ。

ハムの親戚じゃないか。

700円もしやがって……。

私はお姫様。でもね、700円のベーコンも買えないの。母親が亜鉛《あえん》のサプリを買ってきたのを見て、なんだか死にたくなりました。


自慢がしたいな。

あのアホどもみたいに。


本日の発見。

ファンからもらう食べ物って、きたない。猫にやったら、避けて通った。

おやすみなさい永遠に。


『タイトル・なし』

8月6日

人の不幸は蜜《みつ》の味。

ころべ。ころべ。

『タイトル・なし』

8月7日

だから、なしだって。

『タイトル・わーーーい！　PVで顔をちょっとしか映さないことで、神秘性を獲得するとともに、じつはそこまでかわいくないことをうまく隠す女性アーティストになって、くそみたいなファンにチヤホヤされるようになったぞ〜！　あ……夢か。よかったあ』

8月8日

悪意のかたまりのような悪夢ですね。

はい、ののたんです。実生活ではJK。その正体は地下アイドル。悪夢はつづくよどこまでも。

毒親から逃れるための軍資金稼ぎとして、地下アイドルの活動をはじめたという、絵に描いたメンヘラ女みたいな経歴ですが、まともです。

私、ダンスの自慢はできないし、稽古《けいこ》アピールもむなしいの。
自分をがんがん主張する人間に早くなりたい。
売れたらガラッと変わる女の子です。
では最後に、大人気の替え歌コーナーでおわかれいたしましょう。

いいないいな　人間っていいな
クソリプ飛ばして　聖人気取り
インスタのフォロアー　パパママ2人
車庫に隠れて　全裸でダンス
ポリスといっしょに　バイ・バイ・バイ

『タイトル・プレゼント』

8月9日

お客が私にくれたもの　プライドを砕く集客率
お客が私にくれたもの　ラップでくるんだ塩むすび
お客が私にくれたもの　10日つづけて『コメント（0）』
お客が私にくれたもの　路上詩人が書いた『夢』
お客が私にくれたもの　罵倒よりつらい無反応
お客が私にくれたもの　セクハラまがいのチェキ5枚
お客が私にくれたもの　宗教じみたケチャダンス
お客が私にくれたもの　ああ『蟹工船《かにこうせん》』『蟹工船』
お客が私にくれたもの　さよならチェーホフ　マイ・チェーホフ

底辺だったけど　まだ底があるなんて
最悪だったけど　最後じゃないなんて
倍々ゲームの　地獄
おうらみ　もうしあげます

『タイトル・なし』

8月10日

いい年して親の車で連れてってもらったイケアで買った本棚を、結局面倒くさくなって組み立てるどころか箱から開けもせず放置して、漫画とかフィギュアでぐちゃぐちゃになった部屋に住んでそうな顔をしているみなさん、こんばんは。ののたんです。

たくさんフォローしてる癖《くせ》にフォロアーがまだ2桁の体たらくなツイッターで、まともにおさめている税金は消費税くらいなのを棚に上げて、まるで見てきたように政治に対する文句や提言を、1日のうちに100や200もツイートしているみなさんにお聞きしますが、好きな食べ物はありますか?

私は、ラーメンが好き。

みなさんの好きな食べ物には、興味ありません。

聞きたくもない。

人から興味を持たれていない人間が、人に興味を持つべきではありませんよ。

自戒《じかい》は込めない。

明日のイベントきてください。


『タイトル・売名！　アラサーちゃん』

8月11日

朗読イベントに参加しました。

きてくれたみなさん、ご愁傷《しゅうしょう》様。

朗読というより、小学校の国語の時間でした。たらたらたらたら、読み上げやがって。

今日いたアイドル。きっとみんな高校中退。

原付《げんつき》免許の試験にも、落ちそうな顔をしていたもの。

だいたいみんな、本のセレクトがおかしいよ。せっかくの、アイドルによる朗読イベントなのに、なんで江國香織《えくにかおり》？　それ、アイドル好きのお客がよろこぶと思う？　江國香織は有名だけど、女のすごく怖い部分を、ウエットスーツとか、蛾《が》とかを出してどろっと表現する話を、女子がじつはこっそり読むタイプの本なんだから、男に向けて堂々と朗読するものじゃないのに。

きっと、あの人、江國香織をちゃんと読んだことがないんだ。ううん、そうじゃない。まともに本を読んだことがないんだ。
江國香織を朗読したあの人、たまにイベントでいっしょになるけど、絶対にアラサーだと思う。22歳って公式には書いていたけども。

朗読をなんだと思ってるんだろう。
女が、女の書いた女の話を読めばいいとしか、考えていないんだ。
もっといろんなやり方が、あったはずなんだ。

私も反省しています。
それじゃあみなさん、こんども、べつに私じゃなくてもやれるような仕事でお会いましょうね。

『タイトル・なし』

8月12日

先日、姉が心中しました。馬鹿だと思った。

死にそこなった姉は、ちょっと前に退院したけど、馬鹿のままだった。

姉はずっと『女』なんだ。ずっと僕に『女』を見せつけてきて、男にフラレて、すぐにべつの男と知り合って、それでとうとう心中だってさ。僕としては、閉口するしかなかったよ。

いきなりブログで家族の話を書いたり、フェミな話をしたり、自分のことを『僕』って書いたりするなんて、なんかちょっと面倒くさい女に思われちゃうかな。そうなの、じつはね、リアルでは僕っ子なんだ。嘘だよ。馬鹿！

私をいらいらさせるもののリスト。


姉、馬鹿！

両親、馬鹿！

お菓子作りの得意な地下アイドル、馬鹿！

上から目線の客、馬鹿！

楽屋でビールを飲む女、馬鹿！

サブカル、馬鹿！

声優くずれ、馬鹿！

私って日舞《にちぶ》を習ってたのとか言う奴、馬鹿！
テクノポップ、馬鹿！
3ピースバンド、馬鹿！
サイン色紙、馬鹿！
キャバクラに勧誘しようとする客、馬鹿！
赤信号、馬鹿！
キシリトールガムをよくこぼす奴、馬鹿！
仲良しアピール、馬鹿！
チョコラBB、馬鹿！
僕っ子、馬鹿！
スマホのひび割れ、馬鹿！
向かいの犬、馬鹿！
ブルーハーツ、馬鹿！
お金、馬鹿！
チキンラーメン、ありがとう！
高級化粧水、馬鹿！
ツイッターやめようかなとか夜中につぶやく女、馬鹿！

蚊取り線香のにおい、馬鹿！

ニンテンドースイッチの行列、馬鹿！

ベーコン、馬鹿！


動物園のパンダになりたい。

3

「アクセス数が増えてるの！」

ひさしぶりに会った乃々夏は、ふぁみれすに入ってきた私を見るなり、そう言いました。

「そうでなくちゃ、こまるさ」

「おじさんって、すごいんだね。まじか……」

「今の僕は、何点かな？」

美しい少女が、気のちがった散文と、うらみ節《ぶし》をえんえんと書きつらねる、『地下アイドルで、すみません　ののたんオフィシャルブログ』は、改造をほどこしてから、はや一ヵ月、今のところ、支持されているようです。私の『演出』は、功を奏したようで、ほっとしました。といっても、この手のやりかたを見つけたのは、けっして、私だけではなく、似たようなアイドルブログも、いくつかありましたが、そこに書かれているのはただの悪口ばかりで、読むほうは、ちっとも、おもしろくありません。天下の太宰治による指導が、内容をおもしろくさせているのと、執筆者の乃々夏が、とくべつに美人なのと、句読点や用語に気をくばり、じつはあまり、おろかな文章にしていないといった、数々の配慮が、凡百のブログとの、大きなちがいでした。読者の反感を、すんでのところでうまくかわし、地下アイドルの慟哭《どうこく》を、しっかり読ませるという、私のコンセプトは、みごとに当たったわけです。

ただ、問題はありました。

かんじんの小説が、進んでいないようなのです。

ブログを読むかぎり、乃々夏には文才があり、文章に対する清潔さもあるようでしたが、小説家の才能というものは、それらとはまったく無関係ですし、さらに乃々夏は、文章の素人ですから、いきなり小説執筆、それも長編小説というのは、どう考えても、むりがありました。わかっていたことではあっても、もどかしい。新人賞の締め切りがせまってきていることもあり、いっそ、私が書いてやろうかとも思いましたが、それはやはり、ルールに反します。私は、あの先輩たちとはちがう。戦うなら、正々堂々、戦いたい。新人作家でもない私が、芥川賞のために筆をとるというのは、退役《たいえき》軍人が、素性を隠して、射撃大会に出るようなもので、卑怯の極みです。私は、できるだけやわらかな声で、「まあ、気《き》長《なが》にやるほかないさ。ブログの評判を見れば、きみに実力があることは、わかっただろう？　書く。ひたすら書く。うむ、書くほかに、道はないのだ」と言いました。ただ、内心、あせっていました。

私は、本音を秘めつつ、次なる指示をあたえました。

「イベントというのかね？　あの、お客の前に出るやつ。そろそろ、あれを、やめなさい」

「なんで？　イベントしないと、お金が入らないよ」

「僕たちの目標は、小銭じゃない」

「せっかく、ブログの人気が出てきたところなのに」

「では聞くが、お客の数は、増えたかい？」

「それは、全然……」

乃々夏は、顔を伏せました。

思ったとおりでした。

私の『演出』によって、たしかに、『地下アイドルで、すみません　ののたんオフィシャルブログ』の人気は上がりました。しかしそれは、あくまで、ブログという読み物にかぎったことで、乃々夏の実態には、ほとんど、効果をおよぼしません。かりに、ブログが、今以上に読まれるようになったとしても、実際に、イベント会場まで足をはこぶ人の数は、さして変わらないでしょう。ブログが評判になるのと、乃々夏が評判になるのは、似て非なるもの。そこを取りちがえては、失敗します。

むしろ、これからは、イベントに出ず、秘密のベールをかぶるべきなのです。

今が、前へ前へと出る時代であることは、なんとなく、空気でわかりますし、どこかで、そうする必要は、あるのでしょう。ですが、それは、今この瞬間ではない。今は、逆に、隠れろ。ひたすら、姿を隠せ。

第一回芥川賞に落ちたあと、私は自殺しようと鎌倉に消えましたが、そのとき、同時に、ひそかな計算がありました。芥川賞騒動のあとで行方をくらませば、さわぎになるのではと思ったのです。案の定、『新進作家死の失踪?』などと新聞沙汰《ざた》となり、芥川賞には落選したものの、太宰治の名を、世に広めることができました。姿を隠すことは、姿をさらす以上に、注目を浴びることを、よく知っていました。私は説得をつづけ、乃々夏は、しぶしぶといった感じでしたが、なんとか了解してくれました。

むろん、この『演出』も成功し、それから数週間とたたないうちに、『ライブをしないアイドル』、『ひきこもりアイドル』『暗黒系アイドル』として、乃々夏のブログはより耳目をあつめ、アクセス数や、コメント数は、飛躍的に上昇し、ほかのブログや、インターネットのニュースサイトなどでも、取り上げられるようになりました。乃々夏は、皇軍の連勝記事を鵜呑みにするご婦人のように有頂天《うちょうてん》になり、きゃあきゃあとさわいでいましたが、私はこの時期を見計らって、ブログ内にある、乃々夏の写真をすべて消すように命じました。もっと。もっとだ。もっと深く隠れるのだ。地下の地下の、そのまた地下まで、すっぽり、隠れてしまえ。

天《あま》の岩戸《いわと》。

期待されて、期待されて、天照《あまてらす》大神《おおみかみ》は、やっと姿を、お現しになる。

私は、冷静でした。

自分自身を、『キャラクター』として、一つの駒として、長いこと動かしつづけてきた私にしてみれば、ここまでは、想定内であり、朝飯前。一喜一憂することなど、どこにもありません。

私はこれまで、私自身であったり、私によく似た人物を、小説内に登場させてきました。それは、私小説を書きたかったからではなく、読者がそれを求めているようだから、『演出』として、組みこんだにすぎません。その手法に、すっかり慣れてしまった今、別タイプの小説が書けるかどうかはともかく、あくまでも、サーヴィスとして、やってきました。どぎつい言いかたをすれば、宗教の教祖が、壺《つぼ》やお札《ふだ》を、信者に売りつけるのと、いっしょです。ほうら、こんな壺を、求めているのだろう？　こっちのお札は、どうかね？　こんな調子で、売りつけていれば、信者は喝采。もっと。もっと。あまりに、やりすぎたせいで、いやになったこともありましたが、これが太宰治の、マイ・コメディアンという滑稽な生きかたしかできない私の、全人生でした。私は人生を賭けて、教祖になろうとしたのです。そういえば、アイドルとは、『偶像』という意味もあるようで、ならば、私のやりかたは、アイドルにも適用できるのでしょう。

こうして、お客の期待が頂点に達したある日、私が宿泊するホテルに、乃々夏がやってきました。

「……メールで、仕事の依頼がきたの。その、文章を書いてみないかって。『群像』から」

むこうから、やってきましたか。

上々です。

第十三章

太宰、講談社に行く

I

大日本雄弁会講談社《だいにほんゆうべんかいこうだんしゃ》は、天までとどくような、巨大ビルヂングになっていました。正面玄関の横には、講談社が刊行した数々の本が、ガラス張りのケースに展示されています。ご自慢なのでしょう。

軍部の要請を受け、『海軍』『陣中倶楽部《くらぶ》』『錬成《れんせい》の友』『若桜』といった国策雑誌を出し、国民の戦意高揚につとめた講談社は、戦争に負けたあと、戦犯粛清《しゅくせい》の渦《うず》に呑みこまれました。ほかの出版社も、似たような目にあっていましたが、会社の規模が大きかったこともあり、講談社への風当たりはとくに強く、ずいぶん、いじめられていたという印象があります。ですが、あの時代に、軍部から圧力をかけられなかった出版人が、どこにいたでしょう。だれもが、脛《すね》に傷をもっていました。それなのに、新聞社は、ことさらに民主主義をさわぎ立て、小説家たちは、「あのときは、軍部の命令にしたがうほかなく、じつは、戦争反対だったのだ」などと言い、それで禊《みそぎ》はすんだとばかりに、講談社を戦犯あつかいしていました。GHQならともかく、罪人が罪人を責め立てる構図は、あさましくて、見ていられませんでした。

私も、国策小説を書きましたが、どんなときであれ、太宰治でした。

戦争指導者の命令にしたがったり、体制に呑まれながら、それでも、太宰治でした。

アッツ島で玉砕した友人、三田君のことを、私は、『散華《さんげ》』という小説で書きました。掲載誌である、『新若人《しんわこうど》』は、全日本学徒革新的綜合《そうごう》雑誌で、つまり、軍部の息がかかったものでした。私はそこで、戦争美学の極地のような題をつけ、三田君の玉砕に、心を強く打たれたという話を書きましたが、それでも、これが、太宰治の作品であることは、けっして、忘れませんでした。

軍部に逆らい、『戦争反対！』を謳《うた》っても、検挙されるだけ。

口先だけで、『一億火の玉！』を叫ぶのは、節操なしの日和見主義。

どっちも、かんべん。やなこった。

私は、『散華』が、単純な国策小説になってしまわぬよう、一工夫、盛りこみました。それが、戦地からとどいた、三田君の手紙です。どうも、『散華』は、さほど、有名ではないようなのですが、ぜひ、読んでいただければと思います。

戦争が終わった三年目に、私は心中してしまうので、あとのことは知りませんが、晴れ晴れとした空に映えるビルヂングを見るかぎり、講談社は、危機を乗り切ったばかりか、さらなる繁栄をむかえたようです。純粋に、よろこばしいことでした。私設文部省とまで評された講談社がなければ、子供たちは読む物に苦労したでしょうし、乃々夏も、仕事を依頼されることがなかったのですから。

「じゃ、行こうか」

「うん……」

「どうしたの。静かだね」

「緊張してるのよ」

乃々夏は、青い顔になっていまして、それはかまわないのですが、服装に、問題がありました。おろかな格好をしているわけではありません。むしろ、そのほうが、まだよかった。ブラウスにスカートという、よそゆきの服に身をかためた乃々夏は、ありきたりに見えました。どの町にもいるような、平均的な少女に見えました。『群像』編集部が求めているのは、『インターネットをにぎわせている地下アイドル、ののたん』であり、『楚々《そそ》とした女子高生、長峰乃々夏』ではないのに。服装の指導をしておけばよかったと、後悔しました。

「きみの服は、失敗じゃないかな。なんでまた、そんな、ふつうの格好なんだね。これでは相手が、ひるまないよ。奇襲。猫だまし。どちらも、卑怯の技だが、その効果は、なかなかのものだ。日本も、真珠湾では、大勝したからね」

緊張をほぐしてやろうと、指摘ついでの軽口《かるくち》をたたきますと、

「なんでこのタイミングで、そんな話するの？　今さら、着替えろっていうの？」

「ど、どうして、怒るんだい？」

「アイドルの衣装でも、着てくればよかったわけ？　フリフリがついた、アホみたいな服を着て、編集者と打ち合わせをしろって？」

「そうじゃないよ。そんな馬鹿な話ではなくてね」

「じゃあ聞くけどさ、どんな服なら、よかったわけ？」

「現代女性の服を、僕はよく知らないが、うむ、なんというか、もっと頭がよさそうに見える服装とか、ぱっと見ると、おろか者だけど、よくよく観察すると、知性がにじみ出ている服装とか、相手を、はっとさせる……」

「全然わかんない」

「とにかく、きみの服装は、まとまりすぎていて、つまらない。これからは、舞台の上でなくても、衣装を着ている気持ちでいるように。これじゃ、七五三《しちごさん》といっしょだよ。服は、着させられるものではなく、着るものだから」

「おじさんだって、着させられてるじゃないの」

「これは、変装だ」

逃げるように、サングラスをかけました。

私は、今日も、『Dolce & Gabbana』の服を着ていました。出版社に行くわけですから、着物姿では、正体がばれてしまうかもしれず、そうなると、話がややこしくなるので、用心のためです。

ポンチな格好の二人は、講談社に入りました。

総大理石のロビーは、外の光を受けて輝き、なんのつもりか、庭園のようなものまで作られています。どれほどの資産が、あるのでしょうか。今もまだ、『キング』が稼いでいるのでしょうか。これはもはや、私が知っている出版社ではありません。企業。講談社は、企業なのだ。そう思うと、なんともいえない気持ちになりました。私たちの血と汗を、読者たちの夢と欲を、たらふく吸いこみ、でっぷり肥えた、バベルの塔。神の怒りを、知るがいい。

受付に来訪を告げますと、身分証明の用紙を書くように言われました。

私は、少し考えて、『川柳《かわやなぎ》』と書きました。

『群像』の創刊から、まもなくして死んでしまった私ですが、それでも、いくつか仕事をしていまして、その中の一つに、『渡り鳥』という短編小説があり、川柳というのは、その主人公が使う偽名を、ひっくり返したものでした。無意識の選択でしたが、もしかしたら、『群像』編集部の力量を、見極めようとしたのかもしれません。あるいは、私の存在に、気づいてもらいたかったのかもしれません。無意識のことなので、よくわかりません。

「あ、どうも。ののたんさんですね？　わざわざ、おこしくださって、ありがとうございます」

ロビーで待っていますと、まもなく、編集者がやってきました。

まだ若い女性編集者の顔を見て、私はすぐに、「ハズレだ」と思いました。性別や、年齢が、悪いというわけでは、ありません。ただ、直感したのです。人懐《ひとなつ》っこそうな笑みを浮かべて、乃々夏に挨拶するこの編集女史は、けなげで、努力家で、きちんとした恋人がいて、花の名前もさらさら言えて、家族との仲もよく、小説家のわがままにも対応し、きちんと職務をこなすのでしょう。しかし、それだけでしょう。地獄を、ともに歩んではくれない。はたしてこれで、よい仕事が、できるのかしら。

筑摩書房を創業なさった古田晁《ふるたあきら》さんは、正確には、編集者ではなく社長ですが、公私ともに、ずいぶん、お世話になりました。どんなに迷惑をかけても、遊んでくださり、『展望』で、長編小説の連載が決まったときも、経営がくるしいにもかかわらず、執筆と休養をかねて、熱海の旅館をとってくださり、体調の悪かった私に、滋養《じよう》のあるものを食べさせ、お酒も、飲ませてくださいました。そのとき、私が、古田さんの期待にこたえるべく書いた作品が、『人間失格』です。小説家と編集者の仕事とは、こういうものなのです。けっして、私の甘えではありません。

乃々夏と編集女史は、ぺこりぺこりと頭を下げ合って、名刺を交換しています。年賀の挨拶でもあるまいし。なんだか、どちらも、たよりなく見えて、私は雲行きを案じました。

編集女史は、つづけて、私にも名刺を差し出しました。

「ええと、ところで、あなたは……」

「現場監督です」

2

とおされたのは、応接間というより、会議室でした。お茶も、出ませんでした。なめられていると思いました。私たちを、小さな蟻としか見ておらず、企業が、その大きな足で、ふんづけようとすれば、たちまち、子分になるとでも、考えているのでしょう。編集女史は、まだ若く、入社して数年といったところでしたが、すでに、企業病に毒されているようでした。

そのような編集女史は、『群像』を机に置いたり、ノオトを開いたりと、打ち合わせの準備を、進めています。このままでは、屈辱外交になると判断した私は、今のうちに、一芝居打たねばと思いましたが、起死回生の脚本が、すぐにできるわけもなく、そのうちに、乃々夏と編集女史は、私を無視して、打ち合わせをはじめてしまいます。

「今回、ののたんさんをお呼び立てしたのは……」

編集女史の話を聞いてみますと、どうやら、乃々夏に書かせたいのは、小説ではなく、エセーとのことで、私はふたたび、「ハズレだ」という思いを、強くしました。目の前で、あれこれ語る編集女史の頬を、ぴしゃと、はたいて、だまらせたい。おいきみ。なぜ、エセーなんかを注文するんだ。きみは、出版界の中で、だれよりも早く、地下アイドルののたんに注目したんだぞ。ののたんを成功させれば、きみの出世も、早まるのだぞ。なのに、どうして、エセーなんかを注文するんだ。そんなものは、ののたんが売れたあとで、いくらでも、書かせれば、いいじゃないか。ほら、乃々夏が、がっかりしている。失望は、将来、うらみに変わりますよ。ああ、もったいない。きみは、無知な海女《あま》といっしょだ。アコヤ貝に、真珠が入っていることも知らず、「まあ、きたない貝」と言って、捨ててしまうのか！　きみは、出世の階段を、みずからの手で、壊そうとしている！

巷《ちまた》で噂の、地下アイドルののたんが、長編小説をひっさげて、文壇デヴュー。

そんな理想は、はかなく消えました。

やはり、どの時代にも、うまい話など、転がってはいないのだ。もういやだ。帰りたい。飲もうか。などと思いましたが、実際として、乃々夏はまだ、小説を書けるだけの技量がそなわっていないのだから、エセーを書くのは、練習にちょうどよかろうと好意的にとらえ直し、二人の会話に集中しました。

乃々夏は、借りてきた猫のように萎縮しつつ、

「エッセイなんて……私に、書けるでしょうか。文章のプロでもないのに」

「ブログを読ませていただきましたが、じゅうぶん、文章力はあると思います。私、『地下アイドルで、すみません』が、もう、すごく好きなんです。ののたんさんのブログは、ほ

かのアイドルブログとは、内容もコンセプトも、ぜんぜん、ちがいますし、意外に……というのは失礼かもしれませんが、文章が、すごく、ちゃんとしているんですよね。それもあって、ぐいぐい、夢中になって、読めちゃうんですよ。この吸引力が、いいなと思ったんです」

当たり前だよ。太宰治が、入れ知恵をしているのだからね。

「でも私、本当に、ブログみたいなものしか書けませんよ。それ以上を期待されても、その、こまりますよ。文芸誌なんて、やっぱり、そんな……」

「文芸誌だからといって、変に力を入れる必要は、ありません。ブログと、おなじような感じでやっていただければと。最近は、作家さんにかぎらず、ミュージシャンやブロガーも、文芸誌に書いてますしね」

どういうことだ？　アイドルが文壇に参入するのは、新しいことではないのか？

「そうですけど、でも、そういう人たちって、もともと有名人じゃないですか。私は、アイドルといっても、地下アイドルですし、知名度も、ネットで、ちょっと、評判になってるだけですし」

「あ、それは、誤解ですよ。知名度で、ののたんさんに依頼したわけじゃありません。私は、ののたんさんの文才が、本物だと思って、それで、こうして、エッセイをたのんでるんです」

ほめたつもりだろうが、それ、傷つくぜ。

「うーん。そこまで、言っていただけるなら、やってみようかな。いえ、もちろん、やりたいんですけど、こういう仕事は、はじめてだから、正直、不安なんです。講談社から、仕事の依頼がくるなんて、なんか、まだ、信じられません」

「もし、こまったことがあったら、私になんでも、おっしゃってください。それと、講談社は、大きい会社ですから、おかしなことには、絶対、なりません。そういう心配は、されなくても大丈夫です」

出た出た。企業病。

「わかりました……。では、よろしくおねがいします。うまく書けるように、がんばります」

「こまかいことは、私どもに、まかせてください。ののたんさんが、安心して書ける環境を、ととのえさせてもらいます。ところで……ののたんさんは、文学や小説の方面に、興味はありますか？　小説を書いてみたいとは、考えていませんか？」

お、いい展開。やれば、できるじゃないか。

「そうですね、本は読むので、興味はあります。文芸誌を買ったことはないけど、純文学作家の本も、わりと好きですし。日本の作家だと、川上弘美《かわかみひろみ》さんとか、町田康《まちだこう》さんとか、あとは、村田沙耶香《むらたさやか》さんを、読みはじめたばかりで……」

「ああ、なんか、わかりますよ。ののたんさんの文章って、ちょっと、そういう感じ、しますよね」

どういう、感じだよ。それじゃ、ちっとも、わからないよ。

「私、文体が特徴的な作家の本が、好きみたいなんです。ブログを書くときにも、参考にしてますし。ですけど、小説を書いてみたいなんて、そんな、思い上がったことは。でもまあ……書けるなら、挑戦してみたいですけど」

「そのときは、ぜひ、『群像』でお願いしますね。あっ、そうだ。あのですね、雑誌というのは、巻末にプロフィールを載せるんですけど、それじゃ、今回のエッセイでは、ののたんさんのプロフィール欄に、『アイドル・作家』と書くのって、どうですか？」

「甘やかしちゃいけません！」

叫んだのは、私でした。

乃々夏と編集女史は、ぎょっとした顔を、こちらにむけています。こっちが、ぎょっとだ！　なんという、恥ずかしい話を、しているのだろう！

「この子の肩書きは、地下アイドル！　それ以上でも、それ以下でも、ありません！　職業を変えるなんて、詐欺《さぎ》行為だ！」

私は、怒りをこめて言いました。

「そ、それは、おっしゃるとおりかもしれませんが、最近は、いろんな職業の人が、作家と名乗ってまして……」

編集女史は、泣きそうな声になっていました。

「ならば、ゆゆしき事態だ！　講談社は、それについて、どう考えているのかね」

「いえ、社の見解というのはないですが……」

「きみの見解を、聞いているんですよ。講談社社員としての、きみの見解を！」

「私としては、文芸誌に掲載された以上、作家を名乗っても、その、いいかなとは、思っていますが」

「文芸誌に掲載されたら、作家になれるのですか？　ちがうでしょう？　作家が、文芸誌に、文章を載せた。これが、ただしい、認識です。きみの言っていることは、便乗主義というものだ。作家でもない人間に、ぴょんぴょんと、蚤《のみ》のように飛びつかれて、文芸誌は、うれしいのかね」

「おことばですが、それは、ちょっと、否定的すぎませんか」

「僕はべつに、作家以外の人間が、文芸誌に書くことを、否定してはいません。作家ではない連中が、作家と名乗りたいがために、文芸誌に書くことを、否定しているだけです。蚤に、血を吸ってもらいたくて、腕を差し出す者がいれば、それは、お変人だ！　きみも、編集者なら、プロフィルについて、真剣になりなさい！　この子は、まだ、一作も、小説を書いていない。なのに、作家を名乗らせようとするとは、なにごとだ！」

「ののたんさんは、将来的に、小説の発表を、目指しているわけですし……」

「きみは、徒党について、考えたことがありますか」

「ととう？」

「徒党とは、政治である。おててつないで、なかよくみんなで、一等賞である。徒党というのは、世間一般に見れば、友情によってつながり、十把一からげ、と言っては悪いけども、応援団の拍手のごとく、歩調と口調をそろえているが、じつは、もっとも憎悪しているのは、おなじ徒党の中にいる人間なんです」

「なんの、お話です？」

「徒党の話だと、言っているじゃないか！　きみは今、いろんな人間が、作家を自称していると言ったが、どうせ、そいつらは、徒党を組んでいるのでしょう？　孤高をつらぬく者など、皆無なのでしょう？」

「あの、全然、話が……」

「作家ではない連中が、おたがいを軽蔑しきっているくせに、それでも、徒党を組む理由が、わかるかい？　あれはね、安心するためです。『彼は作家だ。彼女も作家だ』と、お札を貼り合って、安心しているのです。つまらないよ。みじめだよ。も少し、孤高になれ。僕が孤高なのは、まあ、友達がいないだけですが、徒党のくるしみを、予感しているからでもあります。文人の仲間入りが、そんなに、えらいかね。先生と呼ばれるのが、そんなに、うれしいかね。八卦見《はっけみ》だって、先生と呼ばれるよ。映画の試写や、相撲の招待をもらえるのが、そんなに、大切かね。ずうずうしい！　作家に、免許制度がない理由が、わからないのであれば、そんな編集部は知らん。もう、『群像』なんか知らん。見ていなさい。この子はきっと、いい小説を書きます！」

「なんのさわぎ？」

不意に、扉が開かれました。

紫色のスーツを着た、中年女性が入ってきました。

「編集長！」

編集女史が、飼い主を見つけた子犬のように、飛びつきます。

「遅くなってごめんなさい。会議が長引いてしまって。で、なんのさわぎ？」

3

「あなたが、ののたんさんですね。はじめまして」

中年女性が、乃々夏に差し出した名刺を盗み見ると、名前の横には、『群像』編集部編集長の肩書がありました。

親分が、いらっしゃった。

「で、あなたはだれ」

親分が、私にむき直ります。

ひやりとした目。それは、長いこと、小説家と格闘し、小説家を尊敬するいっぽうで、どうしようもない生き物であることを熟知した目でした。サングラスをかけていなければ、鳥肌が立っていたかもしれません。

編集長は、値踏みでもするように、しばらく、私を見ていましたが、ふっと、その目を、笑うように細めますと、

「あら、あなた……芥川賞のパーティで、演説をしていましたよね。聞かせてもらいましたよ。じつに、すぐれた内容でした。でも、うらみ節ね」

奇襲とは、こういうことを言うのです。

あの場に、いたのか。なんてことだ。もうだめだ。死のう。今すぐ死のう。極限の恥ずかしさに、どうにかなってしまいそうでしたが、なんとか平静を取りつくろって、

「はじめまして。僕は、川柳ともうします。あいにく、名刺を切らしてしまっているのですが、この子の、現場監督を、やらせてもらっています。以後、お見知りおきを」

「現場監督って、マネージャーのこと？　ののたんさんは、事務所に入っていないはずだったけど」

「個人的に、契約しているのです」

「ああそう。芸能界には、鬼が棲《す》んでますから、けっこうな判断ね。で、川柳さんは、なにをそんなに、さわいでいたの？　うちの者が、粗相《そそう》でもしたのかしら」

うながされた私は、名称にかんする問題を説明しました。

編集長は、口をはさまず、私のことばが終わるのを待つと、

「なるほど。話はわかりました。私も、川柳さんの意見に賛成ね。文芸誌は、教習所じゃない。文芸誌に掲載されれば、作家になれるという決まりもない。そこにかんしては、全面的に、あなたの言うとおりです。ただ、ののたんさんは、どうしたいの？　免許がないということは、いっぽうで、本人が名乗りたいように名乗る自由があるわ」

「私は……」

おかしなことを、言うんじゃないぞ。私はサインをつたえようと、乃々夏にむけて、目をぱちぱちさせましたが、サングラスをかけていたので、まったく無意味でした。

「私は……地下アイドルです。ですから、職業欄には、『地下アイドル』とだけ書いてください。『アイドル』じゃなくて、『地下アイドル』と」

乃々夏は、妙に、きっぱり言いました。

「ああそう。では、これで決定ね。川柳さん、ほかになにかあるなら、今、ここで、言ってもらえるかしら。マネージャーだからといって、あとから、ああでもない、こうでもないと、文句をつけられるのが、いちばん、こまるから」

「では、もう一つだけあります」

「ああそう。どうぞ」

「エセーのお仕事ですが、受けさせていただきたいと思っています」

「うれしいわ」

「ただし、一つ、条件があります。『ののたん』ではなく、『長峰乃々夏』という本名で、書かせていただけませんか」

「えっ、なんで？　おじさん」

乃々夏が声を上げました。

それを聞いた二人の社員は、不思議そうに、顔を見合わせました。

自分の失言に気づいた乃々夏は、あたふたしながら、

「えっと……あ、これはですね、あの、そう、この人は、私の、叔父なんです。叔父が、編プロをやっていて、それで、マネージャーをしてもらってるんです」

「ああそう。びっくりしたわ。でも、その条件は、呑めません。川柳さん、あなたの言《げん》を借りれば、われわれがエッセイを依頼したのは、ののたんさんであって、長峰乃々夏さんではない。名前を変えるなんて、それこそ、詐欺行為よ」

取りつく島もありません。ですが、ここで引くわけにはいきませんでした。『群像』には、いえ、文壇には、この子を、ののたんではなく、長峰乃々夏として登場させる必要が

ありました。これは、芥川賞をいただく作戦が浮かんだ当初から、考えていたことでした。

腕の見せどころ。

私は、これまで、編集者を相手に、数々の交渉をしてきました。泣いたり、脅《おど》したり、逃げたりと、七転八倒《しちてんばっとう》をすることで、原稿料の前借りや、締め切りの引きのばしなどを、勝ち取ってきましたが、今の私は、太宰治という小説家ではなく、川柳という名の、いかにもうさんくさい、現場監督。いつものような手を使ったところで、うまくはいかないでしょう。私は、自分が太宰治であることを、できるだけ忘れて、川柳というこの男を、徹底的に演じることにしました。『演出』は、得意分野。ここで負けては、太宰がすたる。芝居の時間だ。私は、役者に、なりたかったんだ。

私は、サングラスをかけ直して、

「たしかに、編集長殿の、おっしゃるとおりです。感服しました。でも、よく考えていただきたい。将来、かりに、この子が、アイドルとして有名になったところで、『群像』編集部は、得をしますか？」

「しないでしょうね」

「では、どうして、この子に、エセーのお仕事を依頼したのです？　そして、ゆくゆくは、小説を書かせようとしているのです？　まさか、慈善事業ではないでしょう。『群像』編集部が、この子で、一儲《ひともう》けできるかもしれないと、ほんの少しでも考えているのなら、本名でやらせるべきです」

「うちの雑誌は、青田買いをするつもりはないわ。理由を聞かせてちょうだい。あなたはどうして、本名でエッセイを書かせたがっているの？」

「ののたんという名前の人間が書いた文章を、だれが、まじめに読むものですか！」

「それだけ？」

「でも、重要なところです」

「どんなペンネームだったとしても、おもしろければ、関係ないわ。二葉亭四迷《ふたばていしめい》を、否定できないでしょう？」

「功績はともかく、今は消えた作家です」

「じゃあ、吉本《よしもと》ばななさんは、否定できないでしょう？」

「バナナ？　水菓子じゃないか！」

「古くさいことばを、使うのね」

「そんな筆名の作家が、いるなんて。現代は、いったい、どうなっているのだ……」

「まさか、吉本ばななさんを知らないの？　吉本隆明《たかあき》さんの、娘さんよ？」

はて、どこかで聞いた名前です。近所の屋台で会った学生が、そのように、名乗ったような。まあいい。今は、それどころではありません。

「とにかく、バナナでも、トマトでも、いけません。同様に、ののたんも、いけません。

それは、作家の筆名としては、危《あや》うすぎる。よしんば、作家になれたところで、奇怪な筆名ばかりが先行して、作品を正当に評価されなくなりますし、頭のお固い先輩たちに、いじめられるかもしれません。そうなれば、賞をいただけなくなる。不安の芽は、できるだけ早く、摘《つ》み取っておかないと……」

「ずいぶんと、ご熱心じゃない？」

「なんのことですか」

「隠さなくてもいいわ」

「僕は、隠しごとなんて」

「いいのよ。今、すべてわかったから。ののたんさんを、作家にさせたがっているのは、ほかでもない、あなたね」

編集長は、ぴしゃりと指摘しました。

私は、肝を冷やしつつも、

「見抜かれましたか。やや、さすがは、編集長殿。慧眼《けいがん》で、いらっしゃる」

と茶化しました。

「あのブログを、ののたんさんに書かせたのは、あなた？」

「いい、宣伝だったでしょう？」

「どうやら、われわれは、川柳さんの掘った穴に、まんまと、落っこちたようね」

「お人聞きの悪い。罠みたいに」

「ののたんさんを、本格的に、作家にさせるつもり？　そして、その手伝いを、われわれにさせるつもり？」

「邪推というものです。僕は、この子を、幸せにしてあげたいだけなのです」

「あなた、何者なの。編プロに勤める以前は、どんなお仕事を？」

「あっちに、ふらふら。こっちに、ふらふら。渡り鳥」

「芥川賞のパーティでの演説を、聞いたかぎりでは、文学に、おくわしいようだけど」

「バナナも知らぬ、文盲《もんもう》です」

「中村地平なんて名前、あなたの演説で、はじめて知ったわ」

「……地平だけでは、ありませんよ」

たくさんの、物書きがいました。檀一雄。織田作之助。坂口安吾。田中英光。小山祐士。三田循司。杉森久英《すぎもりひさひで》。今官一《こんかんいち》。中原中也《なかはらちゅうや》。伊馬鵜平《いまうへい》。戸石泰一《といしたいいち》。小山清《こやまきよし》。別所直樹《べっしょなおき》。野口《のぐち》富士男《ふじお》。ほかにも、いっぱい。教えきれない。彼らは、私とともに生き、私とともに、書きました。現代では、そのほとんどが、消えてしまいましたが、それでも、彼らが書いたという事実までは、消えません。鎮魂《ちんこん》。やすらかに、お眠りください。きみたちの復讐も、僕がやる。

私は、自分の中にまだある紳士を、できるだけ、かきあつめると、とびきり、澄《す》んだ声で言いました。

「僕なら、この子を、忘れられない作家に、してあげられるでしょう。百年後にも名前が残る、稀代《きたい》の大作家に、してあげられるでしょう。でも、そのときに残る名前が、ののたんでは、お笑いです。文章にかんする仕事は、長峰乃々夏名義で、やるべきです。編集長殿、おねがいします。この『群像』を、長峰乃々夏誕生の地とするためにも、どうか、この条件を呑んでください」

「あなたの言い分は、理解しました。では、名前の表記を、『ののたん（長峰乃々夏）』にするのは、どうかしら」

「『長峰乃々夏（ののたん）』に、してください」

「それくらいなら、かまわないわ」

「感謝いたします」

「川柳さん」

「はい？」

「あなた、ずいぶん、自信があるのね」

「じつは、以前に一人、ある男を、有名作家にまで育てたことがあるんです」

「エッセイの内容がよければ、ののたんさんに、小説を書く機会をあたえましょう。楽しみにしているわ」

4

私たちは、講談社を出ました。

あの会議室に、百年はいたような心地でしたが、空の色に、変化は見られません。せいぜい、小一時間ていどの、打ち合わせだったようですが、あまりにも濃密すぎて、時間の感覚を、おかしくしてしまったようです。全身が、鉄のように凝《こ》り固まり、ほぐそうとして背をのばすと、げほげほ咳が出ました。講談社の前をつらぬく、大きな道路を、救急車が走り抜けます。ピイポーピイポー。近くで、工事でもしているのか、がんがんという音が響き、また同時に、子供たちの喧騒《けんそう》も聞こえます。そして、護国寺《ごこくじ》の方向から、ごおんと、鐘の音が聞こえました。自分のまわりに、音が、よみがえってくるのを感じました。

扉を、ばたんとか、足音が、どたどたとか、こうした擬音の採用は、市井《しせい》文学、いわば、世話物に多くあります。下品な技法ですが、それゆえ、かえって、かなしさが、際立ちました。『聖書』や、『源氏物語』に、音はありません。まったくの、サイレント。自分を取りかこむ、無数の音を聞きながら、厳粛な戦いが終わり、いつもの日常にもどってきたことを理解しました。

まもなく、すぐそばで、げえげえという音がしました。

乃々夏が、地面にうずくまっているではありませんか。

さいわい、地面をよごすことはありませんでしたが、乃々夏はえずき、くるしみ、そのうちに、ぽたぽた、涙の粒がこぼれ落ち、やがて、号泣しました。私は、突然のできごとに狼狽して、乃々夏のまわりを、おろかな犬のように、ぐるぐる回ることしか、できませんでした。いったい、どうしたというのでしょう。

「よかった。よかったよお」

乃々夏は、嗚咽《おえつ》とともに、たしかに、そう言いました。

「よかったって、なにがだい？　いや、そもそも、どうして、泣いているんだい？　僕、また、きみを怒らせるようなことを……」

「こわかった」

「こわかった？」

「おじさん、ありがとう」

「え？」

「私……ああもう、本当に、よかった。お仕事もらった。お仕事もらったよ。私が、まともな、お仕事をもらえた。地下アイドルやってても、うまくいかなかった私が、文芸誌で、ものを書けるんだよ！　ねえ、『群像』でエッセイを書くなんて、すごくない？」

「どうだろう。売文業が、かたぎとは思えないし、それに、『群像』という雑誌は、もともとは、軍国調のイメージを消すために、講談社が考えた窮《きゅう》余の一策で……」

「なんで、そんなふうに言うの？」

「いや、ごめんよ。ちがうんだ」

「ううん。いいよもう。なんでもいいんだよ。おじさん、本当に、ありがとう。感謝してます。でも、さっきは、びっくりした。おじさん、人が変わったみたいなんだもの」

「僕だって、自分の演技力にびっくりしたよ。だけど、川柳は、なかなか、できる男だったろう？」

「なによ、川柳って。なによ、現場監督って」

「きみこそ、叔父とはなんだ」

「だって、あれは……うう、ううう」

「いい、いいさ。だから、泣かないで」

「私、本当は、絵描きになりたかったの」

突然の、告白でした。

乃々夏は、丸めたチリ紙のような表情で、

「だけどね、全然、うまくなかったんだ。絵、あんなに好きだったのに。すっごいへたくそなの。笑っちゃうくらいに」

「自分を笑える人間は、強い」

「お姉ちゃんは、絵がとても上手なの。見た？」

「アザミの絵なら」

「お姉ちゃん、絵だけじゃなくて、なんでも上手。おんなじ母親から生まれてきたのに、なんでこんなに、ちがうんだろ。父親が、べつだからかな。ほんと、いろいろ最低。お姉ちゃんは、スポーツもできるし、上品だし、頭もよくて、立派な会社に入って……」

「だが、きみのほうが」

「うん？」

「きみのほうが、綺麗だ」

「私ね、顔をほめられても、うれしくないんだ」

「飽きちゃった？」

「……あ、それ、いい表現。私、飽きたんだ。顔をほめられるのに、飽きちゃったんだ」

こんどは、少し、笑って言いました。

「なのに、アイドルになるというのは、皮肉めいているね」

「顔のほかに、なにもないんだもの、私」

笑いの予兆は、たちまち消えて、乃々夏はまたしても泣きました。

失望しました。

こんなのは、私の知っている乃々夏ではない。どこかよその、娘さんだ。それも、とびきり、頭の悪い娘さんだ。私の知っている乃々夏は、生意気で、自信家で、世間一般の情緒にとらわれず、じめじめしたところのない、新しい人だった。乃々夏と話すたび、こわくて、たまらなかった。

それが、こんなふうに泣いて。

あまりにひどくて、見ちゃおれねえ。

「乃々夏さん。きみは、アザミの花言葉を、知ってるかい？」

「なにそれ。口説くつもり？」

「復讐」

「ふくしゅう……」

「ぞんぶんに、復讐なさい。きみは、これまで、徒党を組まずに、一人で戦ってきた。でも、負けどおしだった。そんなのは、今日で終わりだ。今日からはちがう。アザミは、きみのものだ」

「私、かけるかな」

「そんなことを言っている、場合じゃないよ。こころみた瞬間から、運命とは、決まってしまうものなんだ。人生には、こころみなんて、存在しないんだ。やってみるのは、やったのと、おなじだ」

「大人みたいなことも、言えるんだね」

「大人とは、裏切られた青年の姿なのさ」

「それ、太宰でしょ」

「僕は太宰治だ」

「そうね。そうだったね。おかしな、おじさん……」

乃々夏は泣きながら、もたれかかってきます。

私は、女の涙で濡れながら、ふるえるからだを、ささえてやりました。

「ねえ」

「なんだい」

「勝手に帰っちゃだめだよ、おじさん」

終章 太宰、生きる

1

朝風呂。

このごろの私は、毎日、風呂に入ります。髪を洗い、髭《ひげ》を剃《そ》り、歯もていねいに磨き、足の爪も、手の爪も、ちゃんと切り、耳の中も、掃除を欠かしません。目の疲れたときは、目薬を一滴、目の中に落として、うるおいを持たせています。

新郎《はなむこ》の心で、生きていました。

紋服《もんぷく》と、仙台平《せんだいひら》の袴《はかま》と、白足袋。そのような格好で、明治のにおいがする馬車に乗りたい。現代では、馬車がむずかしいのでしたら、都会でよく見る、漆《うるし》のように黒く塗られたタキシーで、ゆっくり、たとえば、銀座《ぎんざ》八丁《はっちょう》なんかを、練り歩きたい。

凜としていました。

このごろは、心が澄みわたり、青空を見上げるたびに、船を浮かべたいくらいに美しく感じました。

その日も、ホテルの湯槽に浸かっていますと、毛蟹がやってきました。

「おはようございます」

私のほうから、挨拶しました。

「よぉ先生、朝風呂とは、いい、ご身分じゃねえか」

「おたがいに」

「俺ぁ、いいんだよ。このあと現場だ。これはな、俺にとっちゃ、儀式みたいなもんだ。朝から風呂に入らねえと、しゃんとしねえんだよ」

「朝酒の、かわりですか？」

「うまいことを、言いやがる。まあ、できるもんなら、朝酒と洒落こみてえが、酔っぱらいの大工なんざ、危なっかしくて、かなわねえだろ。だから、風呂に入るってわけだ。どうだい、健全だろ」

「健全は、いいものです」

「それで先生は、いつまで、こんな暮らしをつづけるつもりだい？　いつまでも……ってわけにゃあ、いかねえだろ。さすがに、先生んとこのカカアも、愛想を尽かしちまうぜ」

「そちらこそ、自宅にお風呂があるのなら、自宅で、入るべきです。たとえ、ぞんぶんに脚をのばせなくても、自宅のお風呂は、極楽《ごくらく》だ」

「説教かい？」

「一日一日の家庭生活を、おろそかにするのは、デカダンです」

そう言うと、毛蟹は笑いました。

私たちのあいだには、いつのまにか、たしかな友情がはぐくまれていました。

「じつはな先生、今日で、お別れだ」

「どういうことです」

「俺、家を買ったんだ」

「家？」

「おいおい、びっくりした顔すんじゃねえよ。いやまあ、おどろかせるつもりだったけどな。へへっ、家だぜ家。たいしたもんだろ。自分の稼ぎで、買ったんだぜ。ちゃんと、貯金してたんだぜ。じつはなぁ、前々から、家《や》さがしをしていたんだが、とうとう、めぐり合ったわけだ。中古物件だけどな。ガキも生まれるから、いつまでも、アパート暮らしってわけにゃいかんし、こんなふうに、逃げるみたいによ、ホテルの風呂に入りつづける人生もごめんだからな。俺ぁ、ずっと、まじめに鳶をやってきたが、これからは、もっとまじめに生きるんだ。カカアと、生まれてくるガキのためだ。なあ先生、俺はな、生まれ変わるんだよ。新生活だ」

「新生活……」

「そんでよ、家ってのが、青梅《おうめ》なもんでよ、これからは現場も変わるから、三鷹には、もう、くることもない。だから、お別れってわけだ。今日は、それを言いにきたんだ」

毛蟹は、得意満面でした。

私が三鷹に暮らすようになったのは、昭和十四年からで、その前は、甲府の町はずれ、またその前は、甲府の茶屋、荻窪や船橋《ふなばし》に住んだこともあって、どれも、借家でした。そして、どこに住んでも、おなじでした。格別の感慨もありませんでした。そのような性格ですから、衣食住に凝って得意顔の人を見るたび、ひどく滑稽に思いましたが、しかし、毛蟹の決意は、笑いません。新生活。よいことばでは、ありませんか。新生活のために家を購入した毛蟹を、私は本心から、応援したくなりました。

「家は、お高いのですか？」

どうにも、応援のへたくそな私は、愚問を発することしかできません。

「お高い？　そりゃまあ、お高いな。青梅は、腐っても、東京だ。三十五年ローンだってよ。でも俺ぁ、今、幸せだぜ。こんな俺でも、家が買えたんだ。カカアを、よろこばせてやることができたんだぜ。ガキに、遺産を遺すことができたんだ。なにより、こんどの家は、風呂がでかいんだぜ。ボイラーが旧式だから、お湯が出るまで時間がかかるけどよ、しっかり、脚がのばせるんだ。これで、ガキといっしょに風呂にも入れる。カカアとも入れるぜ。がは、がははははは！」

「大きなお風呂のついた家を買うことが、あなたの信じる、家庭の幸福だったのですね」

「家庭の幸福？　先生は、いいことを言いやがる。うん……そうかもしれねえなぁ」

毛蟹は、照れくさそうに胸毛を掻きながら、

「どうだい先生、俺、たいしたもんだろ？　男一代。鳶を、なめるんじゃねえや。人間の

生活が、そのまま、仕事に出るんだ。俺はやるぜ」

毛蟹の話を聞いているうちに、ある友人からの忠告を思い出しました。もっと、まともにくるしめ。まともに生きる努力をしろ。責任は、日々、重くなっていくものだ。ごまかすな。明日の立派な覚悟より、今日の、つたない献身こそが美徳。生活以上の作品は書けない。ふやけた生活をしていて、いい作品を書こうとしても、それはむりというもの。読者を、あんまりだますなよ。図に乗って、あんまり人をなめていると、みんな、ばらしてやるからな。そう言った友人は、酒に酔ってはいませんでした。心からの、忠告でした。今さらながら、友人のことばが、染みました。

生活が、そのまま、仕事に出る。

現代に転生した私の仕事とは、なんでしょう。

「先生は、家、どこなんだい？」

「三鷹です」

「家と家族を、大切にしろよ」

「でも、間に合うでしょうか」

「間に合う、間に合わぬは問題でないのだ」

「えっ？」

「名言集に、そんなことばがあったんだ。馬鹿にしちゃいけねえ。俺だって、名言集くらい、読むんだぜ。間に合う、間に合わぬは問題でないのだ。うん、そのとおりだぜ。とにもかくにも、やるって気持ちが、大切ってわけだなぁ」

「それは……だれの、ことばですか?」

「さあ。だれが言ったかなんて、おぼえちゃいねえよ。でも、むかしの人は、いいことを言うもんだな。じゃあな先生、達者《たっしゃ》で暮らせよ」

本当に、お別れを言いにきただけだったらしく、毛蟹はすぐに湯槽から上がると、そのまま出ていきました。毛蟹のうしろ姿を見ているうちに、手を合わせたい気持ちになりました。

「それは僕が、『走れメロス』で書いたものですよ」

お湯にもぐりながら言ったので、ことばにはならず、ぶくぶくぶくぶく。

2

最近、私がよく見ているものは、『アイドルマスター』です。

ひじょうに、示唆《しさ》に富んだ、ありがたい読み物でした。

それは、インターネット上に散り散りになっていまして、私はまるで、『聖書』でも編纂《へんさん》するように、『アイドルマスター』の断片を、必死にかきあつめました。最初は、どうすれば効率よく見つけられるのかわからず、苦労しましたが、あるとき、『アイドルマスター エロ同人』という語句で検索すれば、容易に出てくることがわかり、ひまを見つけては、それをまとめる作業にいそしみました。

それは、アイドルの管理・教育をする、プロデューサーなる職業についた男の一代記を、無数の漫画家が描いたもので、私はすっかり、このプロデューサーなる快男児《かいだんじ》に、惚れこんでしまいました。この男は、おそらく、業界内では有名なのでしょう。いくつものアイドルを担当するプロデューサーは、自分は黒子《くろこ》となってアイドルを育成し、ときには、からだを張り、ときには、文字どおり一肌脱いで、悩めるアイドルのために奉公するという内容でした。

へたをすれば、『好色一代男《こうしょくいちだいおとこ》』と変わりませんが、しかし、プロデューサーなる男は、己の立場をわきまえていました。すべて、アイドルのためなのです。けっして、愛欲におぼれることなく、仕事の方向性をしめし、一人一人のアイドルを輝かせ、自立心を啓発していました。そこに、いっさいの欲望は、ありません。その証拠に、プロデューサーに愛を受けとめてもらったアイドルたちは、全員、みごとに脱皮を果たし、一回り大きく成長しました。プロデューサーと関係を結び、愛情という欲をみずから断ち切り、トップアイドルになるため、さらなる高みを目指そうと決意したアイドルたちを、プロデューサーは、笑顔でそっと、見守るのです。そこには、滅私《めっし》の精神があふれていました。じつに、すばらしいではありませんか。

私はこれまでにも、立派な男というものを、たくさん見てきましたが、それは、私が、あまりに自堕落なので、自分以外の人間が、たいてい、立派に見えてしまうからという心理がありました。しかし、このプロデューサーは、そうしたことではなく、そんな卑屈によるものではなく、心から、尊敬できました。そんな人間に、私はなりたい。

さらに私は、『アイドルマスター』のおかげで、現代での、自分の職業に気づきました。プロデューサー。

乃々夏を、歴史に残る小説家にするために、私は、プロデューサーとなるのです。

『群像』に掲載された乃々夏のエセーは、文壇の風景を一変させるものではありませんでした。小説家たちが話題にすることも、これといった評判もありませんでした。それでも、落胆はしません。当然のことだからです。乃々夏は、文才はみとめるものの、私がいなければ、なにもできない少女なのです。少なくとも、今はまだ。

それに、私が関与しているわけですから、エセーの出来が悪いわけではなく、なによりも、その反応は、インターネットで花開きました。地下アイドルののたんが、文芸誌デヴューしたというニュースは、インターネットの中では、わりあい、さわぎとなっているのです。ブログの中身だけでなく、ののたんこと長峰乃々夏という人格が、注目されつつありました。『群像』の編集長も、エセーを気に入ったらしく、「約束したとおりに、次は、短編をおねがいするわ」と、正式に依頼をいただきました。

今は、これでいい。着実に、やっていこうじゃないか。本当の復讐は、これから。太宰治のプロデュースで、乃々夏が小説家として成功し、芥川賞をいただいたそのときこそ、古びた文壇の風景が、一気に変わるのです。

目指すは、富士山。

現在、芥川賞は、日本の文学賞の最高峰となっているようでした。

私が、『芥川賞事件』で身悶えしていたころは、そこまで有名ではなく、「ちっとも、新聞がとりあげてくれない」などと、菊池さんがぼやいていた記憶がありますが、今の芥川賞は、文学界の富士山。広重《ひろしげ》の富士は八十五度、文晁《ぶんちょう》の富士も八十四度くらいの鋭角ですが、実際の富士は、百二十度くらいで、のろくさとしており、エッフェル塔のように、すらりとしたものではありません。フジヤマに、あらかじめ憧れているからこその、ワンダフルというわけです。日本人のだれもがみとめるその山の頂上に、乃々夏がしっかりと立ち、喝采を浴びたその瞬間、私の復讐は完成するのです。

その日がくるのを、一日でも早めるために、私は、時間がくるまで、『アイドルマスター』を読みふけりました。厳粛な気分でした。胸から腹まで、純白のさらしを、きりりと巻いたようでした。

「逃げた者は、もう一度、戦える」

プロデューサーは、古代ギリシャ時代の政治家のことばを引用して、今日も、迷えるアイドルたちを目覚めさせていました。

3

夕方になり、カプセルホテルを出ました。

ひさしぶりに、着物に袖を通してみます。

とてもよく、からだに馴染みました。

私の生まれた家には、誇るべき系図もなにもありません。どこからか流れてきて、津軽の北端に住み着いた百姓が、私たちの祖先です。貧農の子孫です。私の家が、多少でも青森県下に、名を知られはじめたのは、曾祖父《そうそふ》の時代からですし、そうなって以降も、私の家系には、一人の思想家も、一人の学者も、一人の芸術家もいませんでした。役人、将軍さえ、いませんでした。父は代議士になり、貴族院にも出ましたが、政界で活躍したということもなく、ひどく大きな家を建てた。ただ、それだけ。

しかし、それこそが、私なのです。

米と林檎のほかに食べるもののない土地で生まれ、やがて小説家となり、恥の多い生涯を送ったこの男こそが、私なのです。転生したところで、この事実は、変わりません。

私は、太宰治。

ただ、それだけ。

ほうら、着物姿が、さまになっているじゃないか。太宰が、『Dolce & Gabbana』を着るなんて、お道化にもなっていないよ。

三鷹駅にむかおうとしたところで、ふと気が変わり、線路沿いに進みました。

陸橋がありました。

姿の大きく変わった三鷹の中で、それは当時のままの姿で残っており、私はうれしいような、恥ずかしいような心地で、陸橋に上がりました。さすがに景色はちがい、乱立する建物が衝立《ついたて》のようになっていて、以前のように、富士山が見えるのかは、あやしいところでしたが、それでも、陸橋の下にのびる線路や、まぶしい夕焼けは、当時のままでした。

私は目を細めて、陸橋からの景色をながめました。三鷹の夕陽は、とても、大きい。ぶるぶる煮えたぎって、落ちている。ここは東京のはずれですが、すぐ近くの井の頭公園も、東京名所の一つに数えられているのですから、この夕陽を東京八景の中にくわえても、差し支えはないでしょう。

三鷹には、夕焼けがよく似合う。

駅に行くと、改札の前で、乃々夏が待っていました。

浴衣姿でした。

今日は花火大会があるらしく、「ブログと、『群像』のお礼だよ。私が、エスコートしてあげる」とのことで、二人で出かける約束になっていました。

「遅いよ、おじさん」

「夕陽を見ていてね」

「その格好が、一番、似合ってるね」

乃々夏は、いつもの笑みを浮かべました。

「うむ。僕も、そう思う」

私も、笑いました。

「ねえおじさん、いいニュースと、悪いニュースがあるんだけど、どっちから聞きたい？」

「いいニュースから」

「やっぱり、そうだと思った。おじさんって、いやなことは、最後の最後まで、あと回しにするタイプでしょ？」

「きみの分析は、あたっているが、ツメが甘い。僕はね、いやなことを、あと回しになんてしないよ。最後の最後まで、逃げ切ってやるのだ。悪いニュースなんて、絶対、聞くものか」

「なにを、いばってるんだか。じゃ、いいニュースから、教えてあげましょう。なんと、ほかの文芸誌からも仕事の依頼がきましたー！」

「小説の？」

「ううん、またエッセイだけど」

「いや、立派だよ。たいしたものだ。おめでとう」

私の反応が、鈍かったせいでしょう。乃々夏は首をかしげて、

「あんまり、よろこんでないね。私の点数、低かった？」

「そんなことはないよ。ただ、えらくならなければ、いけないからね」

「芥川賞のこと？」

「僕たちは、第一歩を踏み出したにすぎない。芥川賞は、まだまだ先だ。きみが美しく咲き誇るその日まで、僕たちの戦いはつづくのだ」

「これからも、地下アイドルののたんを、よろしくおねがいします。で、悪いニュースなんだけど……」

「覚悟は決まった。よし、聞こう」

「お姉ちゃん、新しい恋人ができたみたい。入院先の担当医が、若い男で、いろいろ、相談に乗ってもらってるうちに……わかるでしょ？　仲良くなったみたいなの」

「なんだ、どっちも、いいニュースじゃないか。末永くお幸せにとは、つたえないでくれ」

「つたえなくていいの？」

「きちんとした、敗者で、ありたいのだ。僕の応援が、二人の愛を、かえって、しらけさ

せることもあるからね」

「ふーん。よくわかんないけど、まあいいや。じゃ、行こうか」

「秋だというのに、花火大会があるとは知らなかったよ」

「私も行ったことないんだけど、なんかさ、調布《ちょうふ》でやるんだって」

「秋の花火というのは、無惨な感じがするね」

「じゃあさ、来年は、夏の花火大会に行こうよ。隅田川《すみだがわ》とか、昭和記念公園とか……って、ほら早く行かないと。花火、間に合わなくなっちゃう」

「外はまだ、夕焼け空さ。いそがなくてもいい」

「夕陽なんて、あっというまに落ちるんだよ。おじさんは、なんにも、知らないんだね」

乃々夏は笑いながら、自分の腕を、私の腕にからめました。

懐かしい、感覚でした。

あの夜、サッちゃんと心中したときも、ちょうどこんなふうに、玉川上水まで連れて行かれたような記憶があります。負けに負けて、酔っぱらって、ふてくされて、かなしくなって、むなしくなって、どうでもよくなって、そうして、とうとう、私は、川に飛びこんだのでした。自分の人生を、終わらせたのでした。

死のうと思っていた。

でも、私は、生きる。
こんどの夏までは生きようと思った。

（了）

あとがき

本書は、現代に転生した私の、最初の小説なのです。

私の小説を、読んだところで、あなたの生活が、ちっとも楽になりません。なんにもなりません。以前までなら、そんなことを書きましたが、今の私は、歴史に名が残り、著作が数千万部売れていることを知っているので、おすすめします。ぜひ、読んでみてください。それとも、もう、読み終えましたか?

メイドカフェの場面など、読んでみて、おもしろかったのではないでしょうか。きっと、あなたは、大笑いしたはずです。芥川賞について演説する場面も、滑稽なでたらめに満ちていますが、これは、少し、すさんでいますから、あまり、おすすめできません。

こんど、ひとつ、ただ、わけもなくおもしろい長編小説を書いてあげましょうね。いまの小説、みな、おもしろくないでしょう?

やさしくて、かなしくて、おかしくて、気高《けだか》くて、ほかに、なにがいるのでしょう。

あのね、読んでおもしろくない小説はね、それは、へたな小説なのです。こわいことなんかない。おもしろくない小説は、きっぱり、拒否したほうがいいのです。

みんな、おもしろくないからねえ。

おもしろがらせようとつとめて、いっこう、おもしろくもなんともない小説は、あれは、あなた、なんだか死にたくなりますね。

こんな、ものの言いかたが、どんなにいやらしく響くか、私、知っています。それこそ、人を馬鹿にしたような言いかたかもわからぬ。

けれども私は、自身の感覚をいつわることができません。くだらないのです。

いまさら、あなたに、なんにも言いたくないのです。

読めばわかる。ただ、それだけ。

激情の極に、人は、どんな表情をするのか、ごぞんじ?

私は、微笑の能面になりました。いいえ、残忍のミミズクになりました。私も転生して、やっと、世の中を知った、というだけのことなのです。

美しさは、人から指定されて感じ入るものではなくて、自分で、自分ひとりで、ふっと、発見するものです。本書の中から、美しさを発見できるかどうか、それは、あなたの自由です。読者の黄金権です。だから、本当は、あまり、おすすめしたくないのです。わからんやつには、ぶん殴ったって、金輪際《こんりんざい》、わかりっこないんだから。現代に転生する前から、ずっと、そうなんだから。

もう、これで、しつれいいたします。次回はもっと、おもしろい小説にします。おゆるしください。

二〇一八年六月十九日
桜桃忌《おうとうき》の朝に

佐藤友哉

主な参考文献

太宰治著『太宰治全集』筑摩書房

＊

五十嵐卓哉監督　榎戸洋司脚本『文豪ストレイドッグス』朝霧カフカ原作　角川書店
植田康夫著『自殺作家文壇史』北辰堂出版
坂口安吾著『堕落論』角川書店
松本健一著『増補・新版　太宰治　含羞のひと伝説』（松本健一伝説シリーズ7）勁草書房発売　辺境社発行
講談社社史編纂室編『物語　講談社の１００年』講談社

本書は書き下ろしです。

Illustration 篠月しのぶ
Book Design 川名潤
Font Direction 紺野慎一

使用書体
本文――――A-OTF秀英明朝Pr5 L＋游ゴシック体Std M〈ルビ〉
柱――――――A-OTF秀英明朝Pr5 L
ノンブル―――ITC New Baskerville Std Roman

星海社
FICTIONS
サ2-05

転生《てんせい》！ 太宰治《だざいおさむ》 転生《てんせい》して、すみません

2018年 9 月14日　第 1 刷発行　　定価はカバーに表示してあります

著　者 ―――― 佐藤友哉《さとうゆうや》

発行者 ―――― 藤崎隆《ふじさきたかし》・太田克史《おおたかつし》
編集担当 ―――― 太田克史
編集副担当 ―――― 石川詩悠《いしかわしゅう》
発行所 ―――― 株式会社星海社
〒112-0013 東京都文京区音羽 1-17-14 音羽 YK ビル 4F
TEL 03(6902)1730　FAX 03(6902)1731
http://www.seikaisha.co.jp/

発売元 ―――― 株式会社講談社
〒112-8001 東京都文京区音羽2-12-21
販売 03(5395)5817　業務 03(5395)3615

印刷所 ―――― 凸版印刷株式会社
製本所 ―――― 加藤製本株式会社

ISBN978-4-06-513109-1　N.D.C913 286P.　19cm　Printed in Japan

SEIKAISHA

星々の輝きのように、才能の輝きは人の心を明るく満たす。

その才能の輝きを、より鮮烈にあなたに届けていくために全力を尽くすことをお互いに誓い合い、杉原幹之助、太田克史の両名は今ここに星海社を設立します。

出版業の原点である営業一人、編集一人のタッグからスタートする僕たちの出版人としてのDNAの源流は、星海社の母体であり、創業百一年目を迎える日本最大の出版社、講談社にあります。僕たちはその講談社百一年の歴史を承け継ぎつつ、しかし全くの真っさらな第一歩から、まだ誰も見たことのない景色を見るために走り始めたいと思います。講談社の社是である「おもしろくて、ためになる」出版を踏まえた上で、「人生のカーブを切らせる」出版。それが僕たち星海社の理想とする出版です。

二十一世紀を迎えて十年が経過した今もなお、講談社の中興の祖・野間省一がかつて「二十一世紀の到来を目睫に望みながら」指摘した「人類史上かつて例を見ない巨大な転換期」は、さらに激しさを増しつつあります。

僕たちは、だからこそ、その「人類史上かつて例を見ない巨大な転換期」を畏れるだけではなく、楽しんでいきたいと願っています。未来の明るさを信じる側の人間にとって、「巨大な転換期」でない時代の存在などありえません。新しいテクノロジーの到来がもたらす時代の変革は、結果的には、僕たちに常に新しい文化を与え続けてきたことを、僕たちは決して忘れてはいけない。星海社から放たれる才能は、紙のみならず、それら新しいテクノロジーの力を得ることによって、かつてあった古い「出版」の垣根を越えて、あなたの「人生のカーブを切らせる」ために新しく飛翔する。僕たちは古い文化の重力と闘い、新しい星とともに未来の文化を立ち上げ続ける。僕たちは新しい才能が放つ新しい輝きを信じ、それら才能という名の星々が無限に広がり輝く星の海で遊び、楽しみ、闘う最前線に、あなたとともに立ち続けたい。

星海社が星の海に掲げる旗を、力の限りあなたとともに振る未来を心から願い、僕たちはたった今、「第一歩」を踏み出します。

二〇一〇年七月七日

星海社　代表取締役社長　杉原幹之助
代表取締役副社長　太田克史